BELLE ASTUTE E CORAGGIOSE

Seconda edizione, ottobre 2017

progetto grafico della copertina: Desideria Guicciardini

ISBN 978-88-477-3537-8

www.edizioniel.com

Beatrice Masini

BELLE ASTUTE E CORAGGIOSE

illustrazioni di

Desideria Guicciardini

Edizioni EL

La bambina drago

Prologo

Dove conosciamo una bambina veramente cattiva

Nel Paese dei Pesci di Giada, molto molto lontano da qui, viveva una bambina che si chiamava Min ed era probabilmente la bambina piú cattiva che si fosse mai vista sulla faccia della terra. Questo almeno era ciò che pensavano i suoi sfortunati compagni di scuola e di giochi, che dovevano subire tutte le sue angherie e prepotenze. Non era una bambina che picchia, no: la sua specialità era usare la lingua per fare del male agli altri. Ovvero dire cose perfide, taglienti e dolorose da ascoltare. Min era molto brava a trovare i difetti e i punti deboli di ciascuno: per esempio, se Chao era un po' rotondo e tirava su con il naso, per lei diventava subito «una sporca,

maialosa palla di grasso»; se Liu era timida e chiusa in se stessa, ecco che diventava «quella stupida cozza»; se Pin era lento nella corsa, eccolo definito «un lumacone molle». C'era chi reagiva scappando in un angolo a piangere e chi cercava di rispondere a tono; ma era molto pericoloso ingaggiare una sfida di parole con Min, perché era sempre lei la piú veloce, la piú pronta a trovare nuovi insulti, infine la piú brillante.

I suoi genitori ascoltavano le lamentele degli altri papà e delle altre mamme, ma le consideravano sciocche apprensioni: si sa che ogni genitore tende a difendere i propri figli, a minimizzare le loro colpe e a pensare che semmai la colpa è degli altri, sempre.

Infatti: – Che bambini permalosi frequenta la nostra Min, – diceva la mamma.

– Già, – aggiungeva il papà. – Assolutamente privi di senso dell'umorismo.

– E poi lo sai cosa ti dico? – diceva la mamma. – Che i bambini devono cavarsela da soli con le loro beghe, e non mettere in mezzo gli adulti.

– Hai ragionissima, – diceva il papà. – Noi, in fondo, lasciamo che Min se la cavi sempre da sola, no?

Il fatto era che Min non aveva alcun bisogno di essere sostenuta o incoraggiata o difesa da un grande.

La sua lingua affilata come una spada era un'arma micidiale. Semmai avrebbe avuto bisogno di un adulto attento, che cercasse di capire perché si comportava cosí. Ma erano altri tempi e altri mondi, e nessuno, in verità, si preoccupava molto di quello che passava nella testa e nel cuore dei bambini. Peccato, perché se qualcuno si fosse preoccupato forse questa storia sarebbe un'altra storia. Ma siccome invece è proprio questa, è ora di cominciarla.

Capitolo 1

Dove Min fa una cosa davvero imperdonabile, e viene punita in modo adeguato

Min non era molto popolare tra i bambini, ma tra le bambine sí. Molte di loro, come succede, cercavano di imitarla, ed essere perfide e taglienti come lei era diventato lo scopo della loro vita. Lei, poi, preferiva scegliere come bersaglio i maschi: visto che non si potevano battere alla corsa, alla lotta e a quelle cose lí, tanto valeva cercare di umiliarli con un'arma semplice e dolorosa come le parole. Questo per dire che fu solo naturale che il giorno del suo nono compleanno Min facesse una festa riservata alle bambine, e che tutte le bambine invitate si precipitassero a rispondere che sí, certo, ci sarebbero state, e se avevano altri impegni li avrebbero annullati subito.

La festa di compleanno di Min si tenne nel giardino della sua casa, un bel giardino cintato da un alto muro, dove crescevano armoniosi alberi da frutto. E siccome era primavera, erano tutti in fiore; e quando il vento passava le sue dita fra i rami, i petali cadevano in una

delicata pioggia rosa e bianca sulle bambine, che battevano le mani estasiate. Altrettanto estasiate, avevano ammirato i regali che Min aveva già ricevuto dai genitori: due bambole gemelle vestite di seta di colori diversi, un aquilone a forma di drago, una serie di braccialetti di giada verde tintinnante. Sempre di giada, ma pallida, era il piccolo pesce che le aveva regalato la nonna: orlato d'oro, pendeva da un cordoncino di seta azzurra, e Min l'aveva indossato subito sopra il vestito arancione.
– Che belle cose... – avevano mormorato le bambine, e una si era perfino azzardata a tendere la mano per accarezzare il liscio pesce

di giada; ma Min gliel'aveva praticamente strappato via, dicendo: – Dài, andiamo a mangiare! – Sí, era anche molto gelosa delle sue cose. Comunque c'erano dolcetti di riso, tortini di miele, e tanti pesciolini augurali di zucchero rosso; niente torta, perché in quel luogo e a quel tempo non usava. In tanta dolcezza, tra i petali e le cose buone da mangiare, le bambine sembravano quasi normali; anche Min, forse ammorbidita dallo zucchero che le si scioglieva sulla lingua, era eccezionalmente gentile, nel senso che dall'inizio della festa non aveva ancora detto nemmeno una cattiveria.

Ma poi, un po' in ritardo, arrivò Liu. Sí, «quella stupida cozza», secondo la definizione di Min stessa. Liu si precipitò nel giardino e tese a Min un pacchetto avvolto nella carta di riso e chiuso da un bel sigillo rosso. – Tieni, è per te, – disse, ansante.

Min, che quando voleva sapeva benissimo ricorrere alle buone maniere, fece un inchino di ringraziamento e disse all'ospite: – Vuoi un dolcetto di riso? Una tazza di tè verde? Grazie per il dono, lo aprirò subito –. E si mise a trafficare per spezzare il sigillo e scartare il regalo.

Avrebbe fatto bene ad aspettare. Perché da lí in poi successe tutto quello che successe, e fu terribile. Min riuscí a infrangere il sigillo,

aprí il pacchetto, si rigirò il contenuto fra le mani e poi sbottò:
– Che regalo scortese!

Tutte si affollarono attorno a lei per vedere. Min mostrava un piccolo, squisito specchio con la cornice e l'impugnatura di legno chiaro, lavorato a boccioli e fiorellini.

– Ma... è uno specchio, – disse la bambina piú vicina.

– Ed è molto grazioso, – disse la seconda bambina piú vicina.

– Un accidente, – replicò Min. – Non si regalano gli specchi alle bambine. Se sono belle, come me, non ne hanno certo bisogno. E se sono brutte, come certe di voi, non è il caso di umiliarle mostrando loro

il loro muso cento volte al giorno! Liu, sei la solita cozza, e anche stupida. Non che abbia mai visto una cozza furba, veramente... –
E scoppiò in una delle sue risate malvagie.

Le altre bambine non si unirono a lei, per una volta. Erano tutte sconcertate: il dono era veramente carino, e certo Liu non aveva avuto le intenzioni attribuitele da Min quando l'aveva scelto e tanto amorevolmente impacchettato. E poi era un cosí dolce pomeriggio, tutto andava bene, c'era il sole, c'erano i fiori e i dolci: perché sciupare ogni cosa con il solito esercizio di perfidia? No, nessuna di loro diede nemmeno in una risatina minuscola di complicità. E fu la loro fortuna, perché i rovesci della sorte (una sorte cercata e voluta) si abbatterono solo su Min.

Nel sigillo spezzato che aveva tenuto chiuso il pacchetto di Liu era impresso un drago, il simbolo della sua famiglia. E un drago

era anche il nume tutelare di Liu e di tutti i suoi cari: quando erano in difficoltà, appariva al loro fianco e li aiutava con ingegno e passione. Sentendo insultare cosí pesantemente Liu, il drago si sprigionò dai frammenti del sigillo, prendendo la sua terribile forma in mezzo alle bambine, che arretrarono impaurite. Era di media taglia, rosso brillante, con le punte delle orecchie verdi e occhi di giada splendente.
– Tu, – ruggí, rivolto a Min. – Tu che hai osato trattare con tanta crudeltà la mia padroncina, umiliarla e respingere il suo dono: tu, che con dita avide hai spezzato il mio sigillo, già covando il male dentro di te; tu, che disprezzi la bontà e la

gentilezza, e veneri invece la perfidia... Che tu sia punita, bambina, e per un anno intero ti tocchi di vagabondare per il mondo sotto le mie sembianze. Ci rivedremo qui il giorno del tuo prossimo compleanno; e vedremo se sarai abbastanza cambiata da cambiare anche il tuo aspetto!

In un istante, il drago rosso sparí, e al suo posto ne comparve uno un po' piú piccolo, che aveva gli occhietti neri e lucidi di Min ed era molto, molto nervoso. Schiumava, sputava fumo e fiamme, grattava la terra con gli artigli, contorcendosi come se potesse togliersi la pelle di dosso. Ma naturalmente questo non era possibile. – E voi, stupide

patate, che cosa aspettate? Levatemi questa pellaccia brutta, strappatemela via, cercate aiuto, insomma! – Ma le bambine a ogni suo insulto arretravano sempre di piú, finché si diedero alla fuga. Solo Liu rimase a fronteggiare il piccolo drago, guardandolo negli occhi. – Mi dispiace, – disse, in un sussurro. – Io non volevo...

– Volevi eccome! È colpa tua se è successo tutto questo, brutta stupida cozza! Chiama subito quel tuo drago rognoso e digli di liberarmi!

– Anche di questo mi dispiace, – disse Liu, le guance rosse, a voce un po' piú alta e decisa, – ma non posso chiamare il drago a mio piacimento. È lui che decide quando comparire e che cosa fare. Io non ho alcun potere su di lui. Ma ti conviene meditare sulle sue parole, se vuoi uscire da quella pelle... – E detto questo, si voltò e se ne andò.

Min, la bambina drago, rimase da sola fra i resti della festa, in una pioggia di petali soffiati dal vento. Calpestò qualcosa, e gemette di dolore: erano i resti dello specchietto

donatole da
Liu, e finito
in mille pezzi
per colpa dei
suoi scoppi di rabbia. Si guardò la zampa, da cui stillavano gocce di sangue nero: una grossa scheggia di specchio si era infissa tra le dita. E cercando di toglierla intravide un lampo di quello che era: muso rosso, occhi neri ardenti, squame dappertutto. Davvero un magnifico spettacolo. Chiamò forte i suoi servi: – Venite ad aiutarmi, sono ferita! – Quelli accorsero, ma quando videro un drago nel giardino scapparono via a chiedere rinforzi. Tornarono che erano il doppio, armati di lunghi bastoni

appuntiti con i quali pungolarono il drago senza pietà per cacciarlo via.

– Sciocchi, sono io, la vostra padrona Min! – strillava la bambina drago. Ma nessuno ha voglia di ascoltare che cosa dice un drago rosso tra il fumo e le fiamme che si sprigionano dalla sua bocca. E Min fu costretta a spiccare goffamente il volo (in fondo era la prima volta che volava) con la zampa coperta di sangue, un gran dolore nel punto in cui si era conficcata la scheggia di specchio e un tumulto rabbioso dentro il cuore.

Capitolo 2

Dove seguiamo il drago Min nelle sue prime, poco sorprendenti avventure

Min volò e volò, cercando senza troppo successo di dominare la rabbia e la furia che le facevano dare zampate all'aria e perdere l'equilibrio, e cosí ricadeva per qualche metro e poi si rialzava a colpi d'ala. Era molto buffa a vedersi, per niente fiera e dignitosa come si addice a un vero drago, ma tanto lei non si vedeva, e meno male, perché si sarebbe arrabbiata ancora di piú. Quando ebbe capito come si sta in equilibrio nell'aria, cercò di sfruttare l'energia delle ali per planare e atterrare; ma ovunque cercasse di discendere, c'era qualcuno che strillava: «Un drago! Un drago volante! Un mostro rosso si sta per abbattere su di noi!» e qualcun altro che a quel grido si armava di sassi, pietre, proiettili di piombo, arco e frecce e cercava di colpirla, per abbatterla, o almeno per cacciarla via.

Piú e piú volte tentò di atterrare, anche perché cominciava ad avere fame e sete e la zampa le faceva male; e piú e piú volte fu costretta a riprendere faticosamente quota, spostandosi a scatti per scansare i colpi. «Ero una cosí bella bambina, – pensava, amareggiata; – la piú bella delle bambine, cosí bella che non avevo nemmeno bisogno di uno specchio che me lo dicesse; e adesso sono un mostro che tutti vogliono allontanare». E piangeva lacrime di rabbia piú che di dolore.

Ormai Min era sfinita, e non riusciva piú a mantenere il controllo; villaggi e città erano lontani, sotto di lei non c'era nessuno, o cosí pareva, e pensò che forse sarebbe potuta atterrare senza correre rischi. Comunque non aveva scelta: era troppo stanca per continuare a volare. Fu allora che la vide una vecchia donna che abitava da sola in un bosco di bambú, e coltivava e cercava erbe medicinali: anzi, si divertí molto a seguire le improbabili evoluzioni di quel piccolo drago che rotolava su se stesso, invece di volare, e aveva qualcosa di piccolo e brillante appeso al collo, qualcosa che il sole baciava e ribaciava tutte le volte che vi posava sopra un raggio. – Credo che atterrerà da queste parti, – disse tra sé la vecchia ridacchiando, e rimase a contemplare quella virgola rossa di squame e rabbia

che si contorceva. La sua previsione si rivelò esatta: dopo un po' il piccolo drago toccò terra, in modo rovinoso, rotolando fra i cespugli e ritrovandosi disteso sulla schiena, a zampe in su, come un grosso insetto che si è rovesciato e non riesce a raddrizzarsi da solo. La vecchia si avvicinò e sospinse il drago finché non fu diritto, sulle quattro zampe, fumante e schiumante di rabbia, e insieme sfinito, tanto che subito si accasciò a terra.

– Vediamo un po' cos'abbiamo qui, – disse. – Ma guarda un po': un piccolo drago rosso con un pesce di giada appeso al collo. È un simbolo augurale, di pace e

prosperità; qualcosa mi dice che è un dono. E qualcos'altro mi dice che questo draghetto non merita affatto questo dono né nessun altro.

Ovviamente Min non poteva rispondere: quello che stava dicendo, e con tutte le energie che le erano rimaste, era «Brutta vecchiaccia stupida, lasciami in pace, non toccarmi con le tue mani rugose, o ti sistemo io», ma non venivano fuori altro che sibili e schiocchi e sbuffi. Già: non è facile manovrare una lingua di drago, soprattutto la prima volta che ci si ritrova a possederla. Insomma, Min non poteva né usare la sua arma preferita, né spiegare che era una bambina e non un drago, e che insomma, quella punizione assolutamente ingiusta doveva essere corretta, e lei voleva tornare una bambina. E piú si rendeva conto della propria impotenza, piú si arrabbiava, con il risultato che il rosso delle sue squame diventava sempre piú acceso, i suoi occhi lampeggiavano, e tutta l'ira restava rinchiusa dentro di lei e rischiava di farle scoppiare il cuore. In piú era stanca, le si chiudevano gli occhi,

e aveva anche un male terribile
alla zampa ferita, ma quasi se l'era dimenticato. Se ne accorse però la vecchia, che disse: – Ohi ohi, povera creatura, adesso capisco perché sbuffi tanto. Ma non preoccuparti, penso io alla tua zampa... – E con rapidi gesti sicuri estrasse da una tasca una pinzetta di legno, afferrò la zampa ferita del drago, la rivoltò, sfilò la scheggia di specchio, disinfettò la ferita con un decotto di erbe medicinali, e la avvolse in una lunga striscia di garza che chiuse con un bel fiocco. Min quasi non se ne accorse, ma provò subito un gran sollievo, un po' grazie ai poteri del decotto, un po' perché è sempre bello quando qualcuno

si occupa di noi: ci piace e ci fa star bene. Quindi non si può dire che le passò la rabbia, perché era una compagna troppo fedele per metterla alla porta cosí facilmente, ma almeno si calmò un po'.

– Vieni, draghetto: è tardi e siamo stanchi tutti e due. Andiamo a riposare. Nella mia casa c'è un posto anche per te, – disse la vecchia, generosa e gentile. E Min non seppe far altro che seguirla, perché stava venendo buio, e lei aveva paura del buio, ed era sola, e lontana da tutto ciò che conosceva, e sconvolta dalla trasformazione e ancora un po' ferita. «Tanto domani appena sveglia me ne vado, torno a casa, trovo quella stupida di Liu e le ordino di farmi tornare bambina» disse fra sé. Non aveva ancora capito che non è cosí semplice, che non tutte le cose dette e fatte si possono rimangiare e disfare, che bisogna sopportare le conseguenze di quello che si è detto e fatto.

La mattina dopo, comunque, non andò da nessuna parte. Era ancora troppo stanca, nonostante la ricca colazione di latte di soia e biscottini che le aveva dato la vecchia, e quando guardò il cielo per capire da che parte andare vide solo cielo, senza indicazioni o tracce o segnali, e si fece prendere dallo sconforto, e si accovacciò a terra con la testa fra le zampe. La vecchia le disse: – Eh no, qui non si ozia. Qui si lavora. Hai fatto colazione, e lavorerai per me. Andiamo nel bosco a cercare le erbe. Tu mi aiuterai –. E Min obbedí. Perché a volte i bambini piú ribelli e selvaggi hanno bisogno precisamente di questo, di qualcuno che dica loro che cosa fare. E poi lo fanno, e scoprono che va bene cosí.

Min, che era una bambina

sveglia e pronta, ascoltò le lezioni della vecchia e imparò molto in fretta a distinguere le erbe buone, che alleviano i dolori e fanno tornare le forze, da quelle cattive, che amareggiano, indeboliscono e avvelenano; ascoltandola scoprí quanto bene e quanto male si può decidere di fare alle persone, se si hanno i mezzi per farlo. Osservandola apprese a spiccare, tagliare, tritare, mescolare, distillare; solo che con le dita artigliate che si ritrovava non poteva farlo, se non combinando un sacco di danni. Ma in capo a qualche settimana era abilissima a individuare nel folto del bosco di bambú i cespi giusti e a evitare quelli sbagliati; con un soffio di fiato carbonizzava questi ultimi, cosí che nessuno per errore dovesse mangiare foglie velenose, e con un colpo d'artiglio falciava gli steli delle erbe buone, che poi la vecchia passava a raccogliere, deponendoli con ordine in un grande cesto. Quando alla capanna arrivava la gente in cerca di erbe medicinali per questo o quel malore, subito, alla vista del drago rosso, si ritraeva; ma la vecchia diceva: «Non fa niente, è buono come un cagnolino buono», e allora qualche volta i bambini si azzardavano a tendere le mani per una carezza. E Min, la stessa Min che non molto tempo prima avrebbe detto: «Tieni le mani

a posto, sudicio moccioso», si lasciava sfiorare e accarezzare. Non perché le andasse veramente; ma per via della vecchia, che era gentile con lei, le dava del buon cibo, parlava di continuo spiegandole cose e raccontandole il mondo, e quindi non meritava certo di essere ricambiata con un comportamento feroce.

La gentilezza è un'abitudine: se uno si abitua a essere gentile, a dire grazie, prego, scusa, a dare una mano agli altri, a rispondere con un sorriso a un sorriso, o anche a sorridere per primo, piano piano tutto questo gli viene naturale. La gentilezza è contagiosa: se stai vicino a qualcuno che è gentile con te, per forza sarai gentile con lui, non potrai farne a meno, per ricambiarlo. La gentilezza fa bene: chi è gentile sta meglio nel mondo di chi non lo è. Tutte queste cose Min imparò senza impararle, solo stando accanto alla vecchia che curava la gente, non voleva denaro o ricompense in cambio, e in piú ci metteva sempre un sorriso e una parola buona. Noi potremmo chiederci, a questo punto, da chi Min avesse imparato a essere rabbiosa, superba, irritata e irritante; perché un po' è questione di carattere, ossia di come uno è, un po' di esempi, ossia di quello che uno vede e sente. Ma la storia non va indietro, va avanti; e qui siamo arrivati al punto in cui Min, un poco alla volta, aveva cominciato a cambiare. Guardiamola, mentre si lascia accarezzare da un bambino malato e non lo morsica; mentre lavora instancabile accanto alla vecchia delle erbe; mentre si appallottola come un gatto davanti al focolare, la sera, stanca e tranquilla.

Non sappiamo che cosa passa dentro la sua testa di drago; ma la vediamo e la sentiamo, e questa Min ci piace molto di piú di quella che conoscevamo un po' di righe fa.

La vecchia aveva notato subito il pesce di giada che penzolava dalla gola del drago rosso, e non mancava di rivolgersi a lui come se fosse vivo. – Eh sí, caro pesciolino, il tuo padrone drago è proprio un bravo draghetto, – diceva. – Cosí mansueto e obbediente come non ne fanno piú –. E a Min sembrava possibile che la nonna, a chissà quale distanza, la sentisse, e fosse un po' orgogliosa di lei. La vecchia le diceva anche: – Sii come un pesce, piccolo drago, e impara: sii veloce, silenzioso, operoso. E porterai la prosperità attorno a te –. Min, a dire il vero, si sentiva molto poco pesce e parecchio drago dentro, nel senso che la prendevano ancora certe furie, per il proprio aspetto, per il guaio in cui si era cacciata da sola: ma quando succedeva, aveva imparato a correre nel folto del bosco di bambú e a sfogare la rabbia graffiando le cortecce con gli artigli, e magari incendiando qualche ciuffo di erba secca. Da sola, senza far del male agli altri. La vecchia osservava tutte queste cose in silenzio e annuiva.

Le ferite si richiudono, dopo qualche tempo. Le ferite del cuore ci mettono di piú. Sulla zampa del drago Min rimase solo una piccola cicatrice; ma il suo cuore e il suo orgoglio bruciavano ancora. E insieme bruciava il desiderio di tornare a casa, di essere quella che era stata. No: un po' cambiata. Ma insomma, quella, con gli occhi neri e le guance da bambina. E questo desiderio era come un fuocherello ardente dentro Min, e le faceva desiderare di andar via, andar via, andar via. La vecchia, che capiva molte cose non dette, lo sapeva; e cosí un giorno guardò il piccolo drago e gli disse: – Va', piccolo drago. Il tuo tempo qui è finito.

Fanne tesoro. Va' a trovare quello che cerchi –. Min grattò tre volte il terreno con gli artigli, chinò la testa e spiccò il volo. La vecchia annuí lentamente guardandola andare via.

Capitolo 3

Dove il drago Min si rivela un buon apprendista contadino

Nonostante le buone lezioni apprese dalla vecchia, che le ricordava un po' la sua nonna, Min era ancora piena di rabbia e di furia. E il volo e la sensazione della libertà alimentarono quella furia come l'aria alimenta il fuoco. E cosí, quando fu sorpresa da un contadino nel bel mezzo del suo campo, intenta a divorare una spiga di grano dopo l'altra per calmare i morsi della fame, si divincolò, si dimenò, diede colpi di coda e zampate; ma alla fine il contadino riuscí a gettarle addosso una rete che usava per catturare gli uccelli e la immobilizzò. – Ma guarda, – disse avvicinandosi, mentre il drago Min continuava a divincolarsi. – Un piccolo drago rosso. Dicono che portano fortuna... Mah, penso che lo scoprirò molto presto. È piccolo ma robusto: basta vedere come si agita. Ho un'idea per usare a buon fine tutte quelle energie...

Al contadino era da poco morto il bue, animale utilissimo nel lavoro dei campi. Siccome era un tipo ingegnoso, costruí con delle cinghie

di cuoio una correggia sulle misure del piccolo drago, gliela fissò al petto e lo attaccò all'aratro. Doveva giusto rivoltare un pezzetto della sua terra per un raccolto tardivo.
– Fai il bravo, draghetto, e ti tratterò bene come trattavo il mio bue: in quindici anni di onesto lavoro non ho mai alzato la frusta o il bastone su di lui, gli ho sempre dato del buon fieno e dell'erba fresca, e acqua a volontà; e gli raccontavo i miei problemi, e lui mi guardava con quei suoi grandi occhi buoni e mi sembrava di leggerci dentro le soluzioni... – Be', un drago non è un bue; ma Min, che aveva imparato a capire che in certe circostanze non è il caso

di ribellarsi, ed è meglio adattarsi, dopo aver sgroppato qualche volta per vedere se la correggia cedeva, e dopo aver capito che era stretta e salda, decise che non le restava che fare il drago, anzi, il bue. Veramente cercava di tornare a essere una bambina, e non capiva come potesse succedere passando per un bovino; ma dalla vecchia aveva imparato che a volte bisogna accettare quello che succede, e stare a vedere.

Il lavoro nei campi era duro, ma il contadino era buono; quando erano stanchi si fermavano a riposare all'ombra di un albero; e lui condivideva con il drago il suo cibo, dopo avere scoperto con una certa meraviglia che il drago rosso

non era carnivoro, anzi, allontanava il muso dai topi morti e dalle rane che lui gli offriva. È che Min si era abituata a mangiare vegetariano, come la vecchia, che onorava a tal punto la vita da raccogliere solo erbe già calpestate per i suoi pasti, e quell'abitudine le era rimasta. Cosí un pasto di tofu (è formaggio vegetale) e pane e verdure andava benissimo per il drago e il contadino insieme; poi dormicchiavano un po', e poi ricominciavano a lavorare. Tutta la rabbiosa energia di Min, che ancora non si rassegnava a essere drago da bambina che era stata, veniva spesa nel lavoro; e il contadino si scoprí a preferire il nuovo, insolito animale da tiro al bue che aveva tanto amato ma che, onestamente, era molto grosso e molto lento, tardo, quasi. Senza contare che il draghetto rosso fungeva anche da cane da guardia: incatenato davanti a casa, aveva un modo di balzare sulle quattro zampe e agitare la coda quando si avvicinava un estraneo che allontanava

all'istante i malintenzionati.
Con un drago non si può mai sapere: e se sputa fuoco? E se i suoi artigli sono avvelenati e basta una zampata per ucciderti?

– Hai visto, marito, che strano collare ha il tuo drago? È un pesciolino di giada... sembra prezioso, e mi piacerebbe proprio, – disse una sera la moglie del contadino, mentre sedevano a cena a consumare riso bollito, tofu e germogli di soia. – In fondo lui è un drago, che cosa se ne fa? I pesci di giada portano fortuna, ma agli umani, non alle bestie...

– Lascialo stare, moglie. Il mio draghetto si è rivelato un prezioso aiuto. Non so proprio che cosa farei senza di lui. Il collare è suo, non toccarlo. Noi non sappiamo niente dei draghi: potrebbe anche essere una persona trasformata, come raccontano le storie, e quello forse è il solo ricordo della sua vita precedente che gli è rimasto... – Cosí disse il contadino; poi si alzò e andò a riempire una ciotola di riso per il drago. Che aveva sentito tutto, e da quella notte dormí con un occhio aperto, nel timore che la moglie del contadino volesse davvero prendersi il pesce di giada. Ma era una donna buona, come il marito, e gli dava ascolto; e l'idea che forse il loro draghetto rosso fosse una persona le aveva messo addosso una certa inquietudine.

In compenso a Min era piaciuto di sentir dire dal contadino che era per lui un prezioso aiuto. Si sentiva utile; cosa che nella sua vita di bambina non le era mai successo. Non che di solito i bambini siano o debbano essere utili; di solito servono per dare gioia, e allegria; ma insomma, le faceva piacere e la faceva sentire grande, piú grande di quello che era.

Passò il tempo, passarono due stagioni, e il draghetto rosso si rivelò sempre piú utile al contadino e a sua moglie. Che cominciarono a fidarsi di lui e smisero di legarlo con la catena fuori dalla porta: faceva la guardia lo stesso, e anzi, sembrava che nei suoi occhietti neri

brillasse quasi un barlume di affetto per loro.

Era abbastanza vero. Min si era affezionata al contadino, che la trattava con una gentilezza naturale non dissimile da quella della vecchia del bosco di bambú; certo, voleva in cambio il suo lavoro, ma tutti noi non vogliamo sempre qualcosa, dagli altri? Affetto, attenzione, amicizia, stima, coccole. E in fondo il loro era uno scambio giusto: lei dava lavoro, lui dava cibo, protezione e confidenze. Forse non devono essere cosí tutti i legami, scambi alla pari, in cui chi dà prende e chi prende dà? Queste cose pensava Min nelle lunghe ore passate nei campi, o la notte, mentre faceva la guardia (e qualche volta si addormentava, ed era lo stesso, perché un drago è un drago, e fa paura anche quando dorme). Insomma, Min voleva abbastanza bene al contadino, come lui voleva abbastanza bene a lei. Ma abbastanza vuol dire che un po' basta, un po' no. Non è un intero.

E Min sentiva che il suo intero stava da un'altra parte, in un posto dove le volevano bene cosí com'era, anzi, le avevano voluto bene anche com'era prima, capricciosa e rabbiosa. Casa sua. La mamma e il papà, e la nonna. Quando le veniva in mente la nonna, accarezzava il pesce di giada, stando attenta a non graffiarlo. E qualche volta piangeva. Di nostalgia; di paura; per le cose non successe, e quelle successe. Già: aveva imparato a piangere. Lei che di solito era quella che faceva piangere le altre bambine, sapeva piangere.

Non si può dire che Min approfittò veramente della libertà concessale dal contadino; in fondo lui sapeva che a lasciare il drago senza legami correva qualche rischio. Ma sapeva anche un'altra cosa: che i doni vengono e i doni vanno, e qualche volta bisogna passarli, lasciarli andare. Lui aveva ricevuto il dono di quel buffo draghetto rosso che l'aveva tanto aiutato, e forse bastava cosí. Era tempo che il draghetto volasse via. E cosí non si stupí quando una mattina uscí di casa e vide le impronte unghiute nella polvere davanti alla porta, e il drago non c'era piú. Alzò lo sguardo e fece in tempo a vederlo, un puntino rosso che si allontanava nel cielo, leggero e minuscolo, minuscolo e leggero. Alzò la mano e lo salutò.

Intanto la notizia del piccolo drago rosso che aiutava gli umani era cominciata a circolare, prima tra i pazienti della vecchia delle erbe, poi tra gli amici e i conoscenti del contadino. E le notizie hanno questa abitudine di viaggiare velocissime, e a volte precedono e anticipano le cose che succedono. Insomma, ovunque Min comparisse, era accolta con tutti gli onori; cominciarono a chiamarla il Piccolo Drago Rosso delle Buone Azioni, tutti la invocavano e la cercavano, anche solo per la sua presenza benefica; perché i draghi, come i pesci di giada, portano fortuna, quando non fanno danni. E quello era un drago senza danno. In qualunque posto, casa o fattoria c'era una ciotola di riso e tofu per lei, e un giaciglio ad accoglierla, e bambini che allungavano le manine ridendo, e lei, invece di ferirle, le lasciava agitarsi attorno come piccole farfalle, e si faceva accarezzare tranquillamente. La lingua la teneva arrotolata; non la usava piú per fare del male, ma solo per leccare le guance dei piccoli e farli ridere, ridere.

Era felice, Min? In un certo senso sí. La scuola della gentilezza l'aveva ammorbidita. Ma dentro di lei c'era il desiderio immenso di tornare a casa, di tornare indietro. Anzi, no, perché questo non era possibile: ma forse si poteva

cambiare, fare in modo che le cose andassero meglio, chiedere scusa... Il peso del piccolo pesce di giada che le rimbalzava sul petto le diceva che sí, tutto questo si può fare, e anche portare pace e prosperità, invece che parole taglienti e ferocia. Basta scegliere. E lei piano piano aveva imparato a scegliere. Ma ancora non bastava.

Capitolo 4

Dove Min affronta l'ultima prova

Restava una cosa da fare: sistemare la faccenda con il drago protettore della famiglia di Liu, che era stato la causa della sua trasformazione. Anzi, no: la causa era lei. Diciamo che lui aveva fatto la sua parte. Riflettendo e meditando, e ricordando le parole accese che il drago le aveva rivolto il giorno della festa, Min capí che doveva tornare da lui e chiedergli perdono, per ottenere di tornare quello che era stata. Cosí, di villaggio in villaggio, di buona azione in buona azione, diresse i suoi colpi d'ala verso la casa di Liu, e fece in modo di arrivarci la sera prima del suo compleanno. Stanca e affamata, si accoccolò davanti alla porta, e fu proprio lí che la trovò ancora addormentata Liu quando il giorno dopo, all'alba, uscí di casa per andare a scuola. Anzi, praticamente Liu ci inciampò, nel drago, dandogli senza volerlo un calcio nella pancia. Il drago Min si svegliò di soprassalto e si mise subito in piedi, sulle quattro zampe, pronto ad attaccare.

Poi vide chi era e affondò il muso tra le zampe.

– Ah, sei tu, – disse Liu. – Ti aspettavo, in effetti. Com'è che si dice quando non si vede un bambino da tanto tempo? Come sei cresciuto, come sei diventato grande... Be', io non posso proprio dirtelo, questo. Mi sembri identica all'anno scorso, e anzi, semmai un po' sciupata –. Già: Liu non era particolarmente simpatica né gentile. Un po' bisogna capirla: drago o non drago, per lei Min era ancora la bambina che si divertiva a prenderla come bersaglio e a farle male con le parole, e ricordava bene le umiliazioni subite, non poteva proprio dimenticarle. In quel momento, comunque, comparve il drago protettore della casa di Liu, identico a Min, ma grande tre volte tanto, e per prima cosa soffiò contro Liu come fanno i gatti quando sono arrabbiati e le disse: – Mi vergogno di te, piccola Liu. Perché dovresti avere capito da tempo che le parole affilate fanno male, e che non è proprio il caso di usarle. Ti consiglio di cambiare tono:

come ho punito in passato una bambina insolente e crudele, potrei sempre punire anche te. In fondo ne ho ogni diritto.

Liu avvampò e chinò il capo, mordendosi le labbra: era vero, aveva parlato senza pensare, lasciandosi trasportare dalla rabbia, e quello che era uscito dalla sua bocca era brutto e sporco. Ma le parole sono cosí, una volta nell'aria non si possono rimangiare, e quelle parole rimasero lí ad aleggiare tra le due bambine, facendo vergognare Liu per averle pronunciate. Quanto a Min, aveva ancora il capo chino: era offesa, ferita, e le sembrava che non stesse succedendo niente di tutto quello che desiderava tanto.

Il drago non aveva detto che passato un anno le cose sarebbero cambiate? Aveva detto cosí, vero? O non proprio? Insomma, aveva sperato che bastasse veder sorgere il sole del suo decimo compleanno perché quelle squame rosse le cadessero di dosso, e invece era lí a farsi insultare da quella stupida cozza... Questa volta fu Min, il drago Min a mordersi le labbra, anche se quelle parole le aveva solo pensate e non le aveva nemmeno pronunciate: com'era facile tornare indietro, comportarsi come prima. Com'era difficile controllarsi.
Min capí in quel momento che la gentilezza è faticosa, e che richiede un addestramento che non finisce

mai. Se il drago intuí quello che le era passato per la testa, fece finta di niente; notò invece che Min restava con gli occhi fissi a terra, in un atteggiamento umile, come se stesse chiedendo perdono. Sapeva di quanto era successo in quel lungo anno, i suoi messaggeri alati, draghi come lui, sparsi per tutto il paese gliel'avevano raccontato; sapeva che Min era cambiata. E aveva tutte le intenzioni di trasformarla di nuovo in una bambina. Aspettava solo una cosa ancora, una sola... e siccome quella cosa non succedeva, la suggerí. – Credo che per farti perdonare da Liu, – disse, – e considerare passato il passato dovresti farle un dono. È vero, è il *tuo* compleanno, ma proprio per questo un dono da parte tua sarebbe particolarmente prezioso...

La Min di prima a questo punto avrebbe pestato i piedi e strillato e protestato, e magari si sarebbe anche un po' rotolata a terra, urlando che siccome era il *suo* compleanno, tutti i regali dovevano essere suoi. La nuova Min si limitò a guardare il drago con i suoi occhietti neri, e poi agganciò con un artiglio il cordoncino azzurro del piccolo pesce di giada che portava al collo. Era la sola cosa che possedeva; quindi era la sola cosa che poteva donare. Stava per tagliare il cordoncino quando il drago la fermò dicendo: – Basta

cosí. Stavi per privarti della sola cosa che possiedi; la cosa che ti ha tenuto compagnia in questo anno difficile, ricordandoti una persona che ti vuole bene. Non c'è bisogno che regali il tuo pesce di giada a Liu; il gesto mi basta. E adesso va', va'... sono sicura che ti aspettano, a casa!

Min fece per spiccare il volo; poi esitò, incerta, e guardò il drago negli occhi, facendogli una domanda con i suoi. – Ah, sí, la faccenda delle squame, – disse il drago, quasi distrattamente. – Be', diciamo che questa è l'ultimissima prova. Devi tornare a casa cosí come sei, non com'eri. E vedremo che cosa succede...

Capitolo 5

Dove Min torna a casa ma non torna indietro

Min obbedí e volò via senza voltarsi. Adesso veniva la parte piú difficile. Veramente da parte del drago quell'aggiunta di pena era davvero crudele; ma comandava lui, e Min non poteva farci niente. Le sarebbe toccato di comparire davanti alla sua famiglia ancora sotto le sembianze del piccolo drago rosso.

A casa, mamma, papà e nonna celebravano tra i singhiozzi il compleanno di una bimba che non c'era.

– Che bambina straordinaria, la mia Min, – diceva il papà.

– Un po' insolente, ma simpatica, – aggiungeva la nonna.

– Insolente? Diciamo decisa. Ma quanto mi manca, – diceva la mamma. Perché le mamme, e i papà, sono sempre gli ultimi a vedere i difetti dei loro figli, e se anche li vedono si raccontano sempre qualcosa di un po' diverso, qualcosa di piú accettabile, di giustificabile, quasi.

Essendo i genitori di Min, che da qualcuno doveva pur avere preso, quando videro un drago atterrare in mezzo a loro reagirono con una botta iniziale di paura e poi, subito dopo, con assoluta ferocia: – Prendi un bastone! Picchialo! Caccialo via! Chiamate i servi con i forconi, toglieteci di torno questo orrendo animale! – E cominciarono ad arretrare per mettersi al riparo, in attesa dei rinforzi. Solo la nonna rimase dov'era, mormorando: – Ma perché fate tanto chiasso? Non vedete che è solo un piccolo drago spaventato? E poi... oh... il pesce... quel pesce... ma lo vedete, il pesce?

Aveva riconosciuto il pesce di giada che aveva regalato a Min piú di un anno prima, l'ultimo compleanno che la bambina aveva

passato in famiglia. Il cordoncino di seta azzurra era sbiadito e un po' sfilacciato, ma il piccolo pesce dalle forme armoniose era inconfondibile.

– Guardate... guardate... – disse, indicandolo con mano tremante.

E finalmente i genitori di Min smisero di ripararsi la faccia con le mani e di chiamare aiuto, la ascoltarono, guardarono, e capirono. Rimasero ammutoliti: vorrei vedere voi, se la vostra unica figlia tornasse a casa dopo una lunga sparizione travestita da drago. Invece la nonna, che sapeva sempre trovare le parole e i gesti giusti, si avvicinò al drago rosso e lo accarezzò sulla testa, sussurrando: – Povera piccola, quante ne devi avere passate... ma adesso sei a casa, sei fra noi. E non importa l'aspetto che hai. Tu per me sarai sempre la piccola Min. Vorrei dire dolce, vorrei dire buona e gentile, ma non posso. Allora dico solo Min, la nostra Min. Che abbiamo tanto aspettato, e che prendiamo cosí com'è.

A quelle parole, Min scoppiò a piangere. Lucide piccole lacrime scorsero giú dai suoi occhietti neri impigliandosi qua e là nelle squame, e ben presto Min si ritrovò ammantata di stille scintillanti: era davvero come un mantello lucente, che si muoveva con lei e respirava con lei. Un mantello di dolore, che la bagnava nel profondo.

Min diede un colpetto con il muso alle mani della nonna, tese verso di lei, e si sentí sciogliere dentro. Ma non solo: piano piano, come corroso dalle lacrime di pena che aveva versato, il manto di squame cominciò a dissolversi. E sotto spuntò la bambina che era stata: anzi, no, perché era piú grande, e soprattutto era cambiata dentro. Min si gettò tra le braccia della nonna, e piansero e risero insieme, a lungo. Dopo un po' toccò anche ai genitori, certo, ma dopo: perché loro avrebbero voluto cacciare il drago, anche se era la loro bambina, mentre la nonna aveva saputo vedere sotto le squame. Anche grazie al pesce di giada, certo,

che l'aveva accompagnata in quel lungo anno di pena e di cose imparate; che aveva vegliato su di lei come se fosse la nonna stessa, e forse era un po' cosí; che lei alla fine sarebbe stata capace di regalare, anche se il suo cuore urlava, dimostrando di essere veramente cambiata.

Epilogo

E così Min tornò alla sua vita di bambina ingentilita da una lunga pena. Sarebbe bello poter dire che da quel giorno fu buona con tutti, ma non è vero, perché tutti tendiamo a rifare gli stessi errori, anche se sappiamo che sono errori; ma possiamo dire che fu una bambina normale, non particolarmente feroce o crudele, e che imparò sempre di piú a controllare le parole, a regalare sorrisi, a fare piccoli gesti per gli altri. Sarebbe bello poter dire che lei e Liu diventarono molto amiche, ma non è cosí, perché a separarle c'era un grande dolore, quello subíto a lungo da Liu prima,

e quello subíto da Min nel suo anno da drago poi. Diciamo che si tollerarono, qualche volta chiacchierarono, qualche volta giocarono insieme, senza adorarsi, senza odiarsi. Come succede con tanta gente al mondo: non si possono amare tutti, sono molti quelli che non ci piacciono, e noi non siamo graditi a tutti. È normale. Ma con un po' di gentilezza da parte di ciascuno le cose sono un po' piú semplici, sempre. E si può stare insieme, crescere, rispettarsi.

Isabelita senzapaura

Prologo

Dove conosciamo una bambina molto particolare e il suo papà, e ci congediamo dalla sua mamma senza praticamente averla incontrata

All'età di dieci anni si può dire che Isabelita non conoscesse il suo papà. A casa, certo, avevano un sacco di ritratti di lui, e coppe e diplomi e riconoscimenti di tutti i generi che aveva ottenuto in una brillante carriera da esploratore; ma gli esploratori non vanno in ufficio la mattina e tornano la sera e hanno il sabato e la domenica

liberi, proprio no, e in verità
il signor Pedro de Silva passava
la maggior parte del suo tempo
a esplorare, appunto, luoghi
del mondo che nessuno ancora
conosceva, antiche città sepolte o
inghiottite dalla foresta, e tutto ciò
si trovava per forza molto lontano
dalla città tranquilla in cui era nato.
In questa città tranquilla restavano
ad aspettarlo la moglie e la figlia.

E siccome aspettare può essere alla lunga noioso, si riempivano la vita di cose da fare senza di lui, come corsi di danza, lezioni di acquerello e alta cucina, in due misure, da signora e da bambina. Del resto c'erano abituate; quando era nata Isabelita, tanto per dire, il suo papà non c'era, era impegnato a scoprire un passaggio per il Centro della Terra e non poteva certo piantare lí tutto e risalire in superficie; e cosí aveva visto la sua bambina quando lei ormai aveva quattordici mesi.

Anche adesso che era grande, Isabelita vedeva il suo papà soltanto qualche giorno l'anno e non faceva in tempo ad abituarsi alla sua voce, alle sue guance pungenti di barba,

al suo odore, che già per lui veniva l'ora di ripartire. Quindi si può dire che a lei non mancasse tantissimo; però alla sua mamma molto di piú. Del resto, essendo fragile e delicata, la signora de Silva non poteva certo pensare di fare l'esploratrice al fianco del marito; no, poteva solo restare a casa, aspettare e soffrire. E insomma, soffrí un giorno, dieci, cento, mille, diecimila, alla fine la mamma di Isabelita si ammalò seriamente di crepacuore e morí.

Pedro de Silva apprese la terribile notizia mentre stava per raggiungere una città proibita quasi sulla vetta di una montagna altissima, nel Sud del mondo. E questa volta, per la prima volta nella sua vita, fu sopraffatto dal senso di colpa, sentí qualcosa incrinarsi dalle parti del cuore e lasciò a metà l'impresa per precipitarsi di ritorno a casa, anche se ormai era troppo tardi. Pianse la scomparsa della moglie e si ritrovò di fronte a una seria bambina di dieci anni, che quasi non riconobbe tanto era cresciuta, che lo fissava con un penetrante sguardo grigio. Capí che qualcosa nella sua vita doveva cambiare, o avrebbe rischiato di perdere anche Isabelita, in un modo o nell'altro. E cosí decise di portarla con sé.

A quel tempo le bambine non avevano voce in capitolo; se anche Isabelita fosse stata contraria, non sarebbe cambiato nulla. Ma in verità lei era piú curiosa che spaventata: come faceva del resto a sapere quali terribili incontri la aspettavano,

o a immaginare la durissima
vita dell'esploratore? E cosí fece
le valigie e si preparò a partire
col padre per la prossima avventura.

Capitolo 1

Dove Isabelita scopre che gli esploratori viaggiano con bagaglio leggero

Sopraffatto dal dolore, Pedro de Silva non aveva fatto troppo caso alle valigie di Isabelita, lasciando che si arrangiasse a preparare i bagagli con l'aiuto di una domestica. Ma quando si ritrovarono a bordo della nave che li doveva portare al di là dell'Oceano, nella cittadina di Prado del Mar, prima tappa della nuova impresa, fu come se aprisse gli occhi all'improvviso. – Bambina, ma quante cose ti sei portata?

– Papà, il necessario, – rispose Isabelita. – Considerato che mi hai detto che non torneremo mai piú a casa, mi sono portata tutto –. E volse lo sguardo verso la catasta di bauli che occupava praticamente tutta la sua cabina, lasciando solo uno strettissimo spazio di fianco al letto, appena sufficiente per infilarcisi e andare a dormire.

– Ma benedetta bambina, queste cose non potranno mai seguirci nei nostri viaggi! Avremo dei muli, dei portatori, ma non possiamo caricarli di... di... di... me lo spieghi che cosa c'è là dentro?

– Tutto, – rispose Isabelita. – I miei giocattoli fin da quando ero piccola, i miei vestiti da estate, inverno, festa e i travestimenti, i libri di scuola, i quaderni...

– La tua scuola sarà la vita. Quando arriveremo a Prado del Mar ti farò confezionare un paio di vestiti adatti. E tutto il resto lo affideremo alle onde!

E qui Pedro de Silva scoprí (e noi con lui) che Isabelita non era un tipo fragile e remissivo come la sua mamma. – Non se ne parla nemmeno! – replicò, ergendosi in tutta la sua altezza di bambina di dieci anni. – Queste cose rappresentano il mio passato. Al momento è tutto quello che ho.

E non ho intenzione di gettarle
in pasto alle balene.

Il padre ebbe la tentazione
di fare la voce grossa e imporsi;
ma il senso di colpa lavorava ancora
come un verme dentro di lui,

dicendogli che era stato crudele ad abbandonare moglie e figlia per tutto quel tempo, ed era in parte responsabile di quanto era successo, e insomma, non poteva trattare cosí una bambina a cui aveva già fatto molti torti con le sue lunghissime assenze; perciò decise di arrivare a un compromesso. – Facciamo cosí, – propose. – A Prado del Mar prenderemo in affitto un magazzino dove potrai lasciare tutte le tue cose, portando con te solo lo stretto necessario. Al nostro ritorno, le ritroverai intatte –. Non disse che forse al ritorno non sarebbero ripassati da Prado del Mar; non lo sapeva ancora, in verità, era abituato a prendere decisioni improvvise e cambiare itinerario all'ultimo momento. Ma insomma, intanto Isabelita poteva mettersi tranquilla, e lo fece.

Nei giorni che seguirono, mentre la nave continuava sulla sua rotta, Pedro de Silva spiegò a sua figlia qual era l'impresa che avrebbero affrontato: trovare i resti dell'antico tempio delle Scimmie d'Oro, nell'isola di Testudo. Correva voce che in questo tempio fosse custodito un tesoro immenso, ma nessuno sapeva dove si trovassero tempio e tesoro: il centro dell'isola era ricoperto da una giungla fittissima e nessun esploratore era mai tornato a raccontare ciò che nascondeva. Ben lungi dall'essere spaventato o scoraggiato, il padre di Isabelita era anzi convinto che la sfida fosse interessantissima, e non per via del tesoro (per lui le ricchezze non contavano, contava solo l'avventura) ma proprio perché nessuno l'aveva mai vinta prima. Isabelita si entusiasmò all'idea di riuscire a compiere un'impresa considerata impossibile, e cominciò a studiare le mappe dell'isola insieme al padre, la sera, al tavolo del capitano. Di avventura sapeva poco, ma la sola idea la eccitava, e in questo era proprio figlia di suo padre, che infatti, riconoscendo nella bambina quella stessa scintilla che animava lui, per la prima volta nell'ultimo periodo si sentí un po'

meglio. «Moglie mia, – si diceva, – ti ho fatto molti torti, ma ti assicuro che mi prenderò cura di Isabelita». Ed era una promessa in cui credeva davvero.

Capitolo 2

Dove cominciano le prime difficoltà

E così, fatta tappa a Prado del Mar, assoldata una squadra di portatori piú una guida locale, fatti confezionare su misura per Isabelita due completi da piccola esploratrice color kaki piú due paia di stivali su misura e due cappelli con visiera e retina antizanzare, studiato l'itinerario con la guida, ascoltate le leggende locali che dicevano che il tesoro delle Scimmie non si poteva portar via da Testudo, liquidate le stesse leggende come sciocche superstizioni, Pedro de Silva riprese il mare con un piccolo naviglio, alla volta dell'isola misteriosa. Del suo immenso bagaglio Isabelita aveva potuto tenere con sé solo quanto trovava posto nello zaino, che a sua volta trovava posto sopra le sue spalle: aveva scelto un taccuino con la copertina di pelle azzurra ancora tutto da scrivere; il completo da scrittura con l'inchiostro e la penna; il pupazzo Pilo, una scimmietta di pelo nocciola che era con lei dal giorno della sua nascita; e un amuleto, una piccola pietra azzurra

infilata in un cordoncino di cuoio, che si era legata al collo. Tutto qui. Il papà esploratore poteva essere fiero di lei. Eccola lí, Isabelita, pronta a vivere la sua prima avventura, con la veletta appuntata sopra il casco, la giacca piena di tasche, i comodi pantaloni infilati negli stivali e lo zainetto sulle spalle: eccola lí, con le braccia appoggiate al parapetto della barca, che si lascia schiaffeggiare dal vento e da qualche schizzo d'acqua salata, contemplando il mare tutto blu, i gabbiani in alto, le schiene gobbe dei delfini, e il nulla davanti a sé. Non ha paura, Isabelita: le sembra che l'avventura abbia lo stesso sapore salato e gustoso delle gocce di mare che le finiscono sulle labbra e che lecca via con avidità.

E finalmente il nulla diventò qualcosa: un bozzo nel mare, prima grigio poi blu scuro poi macchiettato di verde via via che ci si avvicinava all'approdo. L'isola di Testudo, gobba come la schiena di una tartaruga, era davanti a loro.

I primi giorni furono i piú

difficili: mentre il padre dava ordini alla squadra, si immergeva in conversazioni segrete con la guida, consultava vecchie mappe e certi suoi quaderni pieni di appunti, Isabelita dovette imparare ad adattarsi alla vita da esploratrice. Sull'isola non c'erano bagni né docce, e bisognava arrangiarsi, e lavarsi molto meno del solito, per forza. Isabelita si fece due trecce e imparò a puntarsele sotto il cappello in modo che i capelli non si aggrovigliassero, e imparò a usare l'acqua (che non era moltissima) nel modo piú intelligente, senza sprecarne nemmeno una goccia.

C'era il problema degli insetti, e imparò a tenere la pelle coperta il piú possibile, in modo che non avessero troppo spazio per pungerla, e a spalmarsi sulle mani e sulle guance il succo di una certa pianta suggerita dalla guida, che aveva un odore strano, come di canfora, però teneva lontane le zanzare.

C'era il problema di dormire nelle tende, su certe brandine sopra le quali si srotolava un sacco a pelo: la sera si faceva fatica a prendere sonno, per via dei versi di mille animali misteriosi che potevano essere lupi, gufi, serpenti, iene o chissà cos'altro; e la mattina ci si svegliava appena sorto il sole, anche se il sonno non era passato del tutto.

Quanto al cibo, be', cucinavano i portatori, e usavano quello che c'era: strane erbe per fare zuppe dall'aroma pungente, pezzetti di carne di chissà quale animale infilzate su lunghi stecchi e arrostite sul fuoco, stufati di legumi che assomigliavano a fagioli ma sapevano di tutt'altro. Niente gelati, niente torte, niente leccornie di nessun genere. Però Isabelita scoprí che mangiare con le mani le piaceva un sacco (cosí non si dovevano lavare le posate) e che quando hai fame tutto ti sembra molto buono, anche se

è un po' bizzarro. Insomma, il suo apprendistato di esploratrice fu rapidissimo e di grande soddisfazione.

Il papà, pur impegnato com'era nella preparazione dell'impresa, se ne accorse. «Buon sangue non mente, – si disse, – la piccola ha preso tutto da me». Aveva ragione, molto piú di quanto pensasse.

Capitolo 3

Dove Isabelita cerca di dire qualcosa a suo padre, ma lui non la ascolta

E finalmente, una mattina all'alba, la spedizione ebbe inizio. Disfatto il campo, ripiegate brande e tende, riposte le vettovaglie, i portatori si misero in fila e si avviarono al seguito di Isabelita, che era al seguito del padre, che era al seguito della guida, e in questa disposizione coprirono la prima tappa del loro itinerario. Isabelita si accorse subito che l'isola voleva tenersi ben stretto il suo segreto: lasciata la spiaggia, con la sua aria innocua di piccolo paradiso, le palme, la sabbia bianca e il dolce rumore delle onde in sottofondo, si addentrarono in una giungla impenetrabile, che sembrava non essere mai stata attraversata da nessuno. Non c'era l'ombra di un sentiero; la guida era il primo della fila a calpestare le alte erbe elastiche che si risollevavano subito dopo il suo passaggio, per ripiegarsi di malavoglia sotto i passi del padre di Isabelita e balzare su come spinte da una molla proprio davanti alla faccia della bambina, che qualche volta ricevette anche una bella frustata sul naso e imparò prestissimo a marciare con le mani davanti al viso.

Nugoli di zanzare di una grandezza spaventosa si avventavano su di loro, avide di sangue fresco; quando non calavano le zanzare, era la volta dei moscerini, piú piccoli ma non meno accaniti; e qualche volta a piombare dal cielo erano certi insetti verdi grandi come colibrí e dotati di una specie di becco-pungiglione che era meglio evitare. Serpenti di tutte le tonalità comprese tra il rosa e il rosso si avvoltolavano sui rami, lasciandosi cadere ogni tanto tra i piedi degli intrusi; piccole bestie pelose simili a gatti soffiavano balzando da un albero all'altro, lasciando intendere di avere un pessimo carattere; una volta un branco di animali simili a maiali, ma grandi il doppio e di un insolito colore violetto, attraversò loro la strada, e furono costretti a lasciarli passare tutti, perché i maiali violetti ostentavano ciascuno un bel paio di zanne da facoceri che era meglio non assaggiare.

In tutto questo, però, Isabelita piú che spaventarsi si divertí: non aveva mai visto animali simili, ne aveva solo fantasticato: nella sua città c'era uno zoo sgangherato che ospitava solo vecchie bestie comprate da circhi in rovina, e anche solo

intravvedere la straordinaria varietà di creature di quella giungla la affascinava. La sera, rifatto il bivacco, aspettando la zuppa di *bingos*, si sforzò di disegnarli sul suo taccuino ed ebbe un moto di stizza quando si rese conto di non avere portato con sé i colori; cosí, accanto a ogni schizzo, scrisse con grande precisione la tinta corrispondente al manto o al pelo della bestia ritratta, per non dimenticarsela e poter completare i disegni una volta tornata in possesso di una scatola di pastelli.

– Papà, hai visto quelle specie di scimmiotti che balzavano sugli alberi oggi pomeriggio? – disse, mentre, china sul suo taccuino,

disegnava furiosamente. – Erano bellissimi. Quando il sole colpiva il loro mantello, sembrava che avessero il pelo d'oro...

– Sí, cara, – disse distrattamente il padre. – Adesso mi lasci riflettere sulla tappa di domani? Credo di non avere interpretato correttamente le memorie di ser Duke de Tremain, il solo ad aver esplorato l'isola centocinquant'anni fa... – E si rituffò nello studio di uno dei suoi quaderni dall'aria malandata, evidentemente il diario dell'esploratore che li aveva preceduti.

Isabelita lo guardò con una smorfia: era un po' delusa. In fondo quella era la loro prima avventura in due, lei sentiva di aver fatto delle osservazioni importanti, e sarebbe stata felicissima se solo il papà si fosse soffermato cinque minuti a guardare e commentare i suoi disegni: sapeva di essere brava, di avere un autentico talento, e gli animali che avevano incontrato non erano certo normali. Ma anche se continuò a fissare il padre con intenzione per cinque minuti buoni, lui non alzò piú lo sguardo dal quaderno, nemmeno per mangiare, e Isabelita, malinconica, continuò a disegnare da sola. Le venne l'idea di completare i disegni con descrizioni precise degli animali, e si perse in quell'occupazione per tutta la sera, finché non furono spente le torce e venne il momento di andare a dormire. Ascoltando il padre ronfare sulla brandina accanto alla sua, Isabelita ripensò a quegli strani incontri: gli scimmiotti che aveva visto volare rapidissimi sopra le loro teste erano identici a Pilo, solo piú piccoli. Erano bestie in miniatura, graziosissime, e sembravano veramente d'oro... Isabelita si addormentò con loro, e le sognò tutta la notte, una frotta di deliziose scimmiette che scendevano dagli alberi e le si arrampicavano sulle braccia facendole il solletico. Nel sonno si strinse piú forte a Pilo, che le fece veramente il solletico col suo pelo di pupazzo.

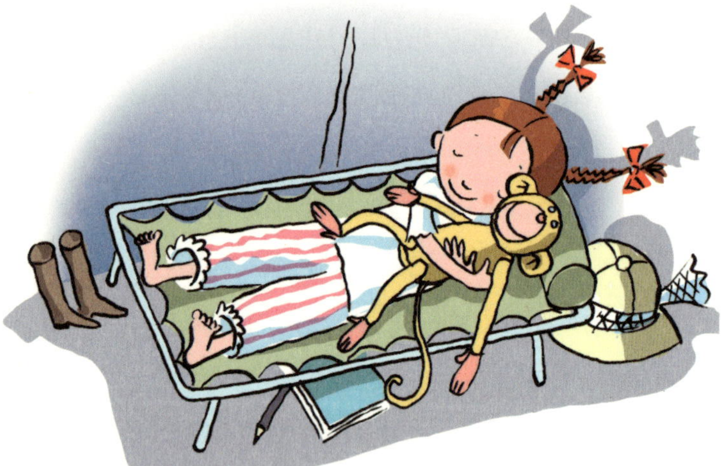

Capitolo 4

Dove finalmente compaiono le rovine del tempio

Alcuni giorni dopo, corretta parecchie volte la direzione della marcia, studiati e ristudiati e discussi con la guida i dettagli del resoconto di Tremain, finalmente nel folto della giungla comparve qualcosa di diverso dai soliti alberi immensi, con la loro capigliatura di liane penzolanti fino a terra e le foglie cosí grandi

da schermare la luce del sole.
– Eccolo! Eccolo! È il tempio! – urlò Pedro de Silva, facendo volar via uno stormo di pappagalli blu.

– A me sembra un sasso, – osservò Isabelita, dando un calcetto alla pietra bianca vagamente squadrata attorno alla quale suo padre danzava e saltava.

– Ma no, ma quale sasso! Non li vedi i segni dello scalpello?

Questa è la tipica lavorazione a scheggia usata millecinquecento anni fa dagli abitanti dell'isola... Guarda, guarda qui.

– Io vedo solo una cacca di uccello, – disse Isabelita, seguendo la direzione dell'indice del padre.

– Ma no, dico sotto. La scalpellata precisa degli indios Tihaqué...

Isabelita scambiò uno sguardo con la guida, un indio Tihaqué anche lui, uno dei pochi rimasti, a quanto aveva raccontato, ormai dispersi lungo la costa del continente, visto che sull'isola non abitavano esseri umani da almeno tre secoli. L'indio, che si chiamava Manos, le fece un piccolo sorriso e strizzò un occhio. Come dire: lo sappiamo che è strano, ma lo prendiamo cosí com'è.

Isabelita sospirò: in quel sasso non ci trovava niente di interessante, e cosí da solo, piantato nel bel mezzo della giungla, non suggeriva certo che da quelle parti ci fosse un tempio. E se anche c'era un tempio, sarebbe stato fatto da decine o centinaia di sassi come quello: e che cos'aveva di tanto affascinante un mucchio di sassi messi uno sopra l'altro? Si lasciò distrarre invece da una farfalla gigantesca, verde smeraldo, che si posò per un istante sul macigno prima di riprendere il volo e confondersi con il fogliame fittissimo. – Che bella... non ne ho mai vista una di quel colore... – E subito prese dallo zaino il taccuino, la disegnò in pochi rapidi tratti e riempí la pagina di appunti. *Verde come l'acqua del mare vicino a riva... verde come la pietra dell'anello di una principessa... verde come la foglia piú alta del piú alto banano...*

Insomma, l'abbiamo capito: Isabelita e suo padre erano due tipi di esploratori molto diversi. A lui interessava il passato; a lei il presente. A lui interessavano le cose ferme immobili; a lei quelle attraversate dalla vita, mobili e vivaci. E mentre Isabelita prestava attenzione a tutte le farfalle che passavano di lí (una giallo limone, una piccolissima color melanzana, una bicolore, verde e rossa) suo padre misurava a grandi passi la giungla, convinto di avere scoperto il perimetro del tempio, e piantava picchetti in punti che sapeva solo lui, per ricostruirne la pianta.

Continuarono cosí per il resto del giorno, lei dietro le farfalle,

lui lungo le pietre, finché il crepuscolo non li costrinse a smettere. I portatori montarono il campo, la guida tornò dalla caccia con una bestiolina sanguinolenta di cui Isabelita non volle assaggiare nemmeno un morso anche una volta che l'ebbero cotta, e un portatore le regalò una tavoletta di cioccolato,

un po' molle ma pur sempre squisita, della sua scorta personale.

E la prima giornata importante della spedizione si concluse cosí, con don Pedro che legava un filo di ferro ai picchetti, alla luce di una lanterna, per disegnare il perimetro del tempio ed essere pronto ad altre affascinanti scoperte alla luce della prossima alba; e Isabelita che disegnava furiosamente farfalle, con la bocca piena di sapore di cioccolata india.

Capitolo 5

Dove il tesoro dimostra di essere molto ben nascosto, praticamente introvabile

Passarono i giorni. Giorni straordinariamente simili l'uno all'altro: don Pedro lavorava furiosamente sotto il sole, ignaro delle punture degli insetti, fermandosi solo per bere, visto che col caldo che faceva non si poteva proprio evitarlo, e costringendo i poveri portatori prontamente trasformati in archeologi a seguire i suoi stessi ritmi pazzeschi. Per fortuna i portatori, tutti indios come Manos, erano pieni di energie, e per darsene un altro po' avevano l'abitudine di masticare certi fiori arancioni come lingue di serpente che dovevano avere poteri straordinari, visto che li sostenevano per intere giornate.

Isabelita, lasciata a se stessa, disegnava ed esplorava, restando perlopiú nel raggio delle voci dei portatori e del padre, perché la giungla era davvero un muro impenetrabile di fogliame e non si poteva sapere che cosa c'era un passo piú in là. Ma anche cosí, allontanandosi lo stretto indispensabile dal campo base che era anche diventato il sito degli scavi, riusciva a scoprire un sacco di cose. Farfalle a parte, il sottobosco pullulava di insetti grandi e colorati, che Isabelita si guardava bene dal toccare (era praticamente sicura che fossero velenosi, e tanto, anche) ma osservava con meticolosa curiosità. Millepiedi scarlatti, coleotteri con doppie elitre violette, bruchi sfumati come un tramonto, formiche gialle translucide: c'era veramente di tutto.

Un giorno, di nascosto, provò anche lei a masticare un petalo di quel famoso fiore arancione, sfuggito a un indio che se ne stava arrotolando la dose giornaliera prima di infilarsela in bocca: e d'improvviso il mondo prese a ruotare attorno a lei, e tutte le cose che le passavano davanti allo sguardo (farfalle e insetti, piccoli e grandi uccelli, corolle coloratissime) s'ingigantirono e si dilatarono fino ad animare un mondo fantastico in cui lei era e si sentiva piccolissima, un'Alice dopo aver bevuto dalla famosa bottiglietta, un Gulliver a Lilliput, e osservava incantata tutto ciò che la circondava. Un'esperienza straordinaria che la lasciò stordita per parecchie ore; quindi decise di non ripeterla. Non ce n'era nemmeno bisogno: le bastava quello che vedeva e sentiva, i fruscii amplificati dal silenzio, i versi di animali misteriosi, molto piú grandi, invisibili, il canto intenso degli uccelli e il frullo delle loro ali, il ronzio degli insetti intenti alle loro mille minuscole occupazioni.

Ogni tanto, quando si sentiva sicura di sé, Isabelita si avventurava un po' piú in là rispetto al perimetro del campo: bastava fare qualche passo nella giungla ed ecco strane ombre proiettarsi su di lei, risatine soffocate, lievi tocchi di piccole mani sulle spalle e sulla schiena: il tempo di voltarsi e non c'era piú nessuno.

Ma qualcuno c'era eccome. Una mattina, per esempio, si sentí improvvisamente alleggerita e scoprí che le avevano portato via il cappello da esploratrice; ma poco dopo lo ritrovò appeso con gentilezza a un ramo raggiungibile anche dalla sua altezza di bambina. Un'altra volta stava disegnando come al solito sul suo taccuino azzurro quando una minuscola mano, identica alla sua tranne per il colore biondo e il fatto che era ricoperta di pelo come un guantino, si avvolse attorno alla sua penna, la strattonò e la portò via. Isabelita alzò la testa di scatto, ma non c'era nessuno, solo un lieve oscillare di foglie mosse. La penna tornò come per magia al suo posto tra le pagine del taccuino in un momento imprecisato: Isabelita l'aveva appoggiato su un tronco abbattuto

per poter cercare con piú agio
il misterioso rapinatore. E ancora,
qualcuno sciolse il fiocco che legava
insieme le sue trecce e spuntava
appena da sotto il cappello: le trecce
le ricaddero sulla schiena, e lei fece
appena in tempo a voltarsi per
vedere la cocca del nastro
svolazzare via oscillando,
inghiottita dal folto fogliame.
Ma lo stesso nastro ricomparve

accuratamente annodato attorno al suo polso, quando si svegliò da un sonnellino di spossatezza dopo aver passato parecchie ore battendo quella zona della foresta palmo a palmo, per ritrovare nastro e rapinatore.

Insomma, una presenza rapida, sommessa e furtiva si aggirava attorno a Isabelita. Lei cercò di parlarne col padre, una sera a cena: – Sai, papà, tutte le volte che vado da sola nella foresta... ehm... – E qui s'interruppe, perché si era resa conto di aver detto troppo. Ma suo padre fece sí con la testa, abbozzando un sorrisino e dimostrando di non aver nemmeno sentito, e lei continuò, rincuorata:

– Insomma, succede che qualcuno... qualcosa... mi gira intorno... mi fa compagnia... mi ruba le cose, però poi le restituisce sempre... è lí e non è lí. Secondo te che cos'è?

– Tutte sciocchezze. Tutte sciocchezze. Fantasie di bambina, – disse il padre, e chinò di nuovo il capo sulle sue letture.

– Sí, ma io ti dico che c'è veramente qualcuno. Ho la sensazione che sia piccolo, e veloce, e giallino... Hai idea di cosa possa essere?

Il padre questa volta non alzò nemmeno lo sguardo, ma per tutta risposta continuò ad annuire meccanicamente con lo stesso sorrisino di prima, e Isabelita capí che non la stava ascoltando: si limitava a far finta, ma la sua testa rincorreva chissà quale pensiero. E cosí, semplicemente, decise di non dirgli piú niente.

In compenso l'indio Manos, che invece aveva seguito con attenzione il suo tentativo di scambio, alla fine della cena le si avvicinò e le disse: – Bambina. Tu diversa. Spiriti della foresta buoni con te. Gentili se vogliono. Cattivi se vogliono. Gentili con te. Bella cosa. Importante cosa –. E le diede una pacca sulla testa, un gesto infinitamente piú affettuoso, nella sua semplicità, degli abbracci distratti che ogni tanto, ma di rado, le regalava il padre. Isabelita sentí

gli occhi riempirsi di lacrime: era bello essere capita, essere ascoltata. Ed essere creduta, anche. Bastava cosí poco per sentirsi bene. E poi Manos le aveva detto una cosa importante: chiunque o qualunque cosa fossero le strane presenze, erano dalla sua parte, e non doveva averne paura. Lei infatti non ne aveva, nemmeno un po'.

Isabelita, quella sera, andò a letto contenta: non era una visionaria, aveva un amico, e pazienza se il papà non le dava retta. Del resto era preoccupato per le sue ricerche: il perimetro del tempio, o di quello che lui credeva essere il tempio, era stato individuato; e a partire da quello, Pedro de Silva aveva cominciato a marciare verso il centro, o ciò che credeva dovesse essere il centro, dove a rigor di logica sembrava dovesse trovarsi la camera segreta che conteneva il famoso tesoro.

Ma la giungla, che fino a quel momento gli aveva concesso di procedere nelle ricerche, aveva cominciato a opporre resistenza, o forse la camera segreta semplicemente non esisteva, perché per quanto si sforzasse, e calcolasse, e scavasse, il padre di Isabelita non aveva trovato niente che potesse assomigliare alle tracce di una costruzione, segreta o no. Quell'immenso perimetro di pietre squadrate che assomigliavano a denti di gigante era l'unico segno di una creazione umana. E non c'erano frammenti d'oro o di pepite da nessuna parte, tranne qualche scheggia scintillante, cosí piccola da non poter essere misurata o afferrata o pesata, che poteva anche essere di pirite, l'oro degli sciocchi: Pedro de Silva aveva setacciato la terra con grande cura, senza ricavare altro che scura fanghiglia e sassi. Forse le leggende mentivano? Forse i diari di ser Duke de Tremain non dicevano tutta la verità? Una cosa che aveva notato, senza trovarne traccia nei diari di ser Duke, era una strana serie di piccoli fori, simili a tane di topi campagnoli, che bucherellavano il terreno all'interno del perimetro tracciato dalle pietre: ma probabilmente erano quello che sembravano, ossia tane di bestiole simili a topi, se proprio topi non erano. Comunque, erano troppo

piccole perché un essere umano
ci infilasse anche solo una mano,
e quindi non potevano essere
i passaggi alla camera segreta.
E allora dov'erano, quei maledetti
varchi?

Insomma, don Pedro aveva
le sue ragioni per essere in pensiero,
e Isabelita lo perdonò volentieri
per questo. Noi un po' meno:

diciamo che continuava a comportarsi con sua figlia nello stesso esatto modo in cui si comportava prima, quando le lasciava a casa, lei e la sua mamma, e si dimenticava di loro per settimane, per mesi interi. Ma adesso ce l'aveva lí, a un passo: e a lei sarebbe tanto piaciuto dargli una mano, stargli vicino. Se solo lui le avesse dato un po' retta.

Pazienza: questa storia, per arrivare dove deve arrivare, deve proprio andare cosí, con un papà svagato e una figlia concentrata. E allora prendiamoli come sono, e facciamo ancora qualche passo verso il culmine della vicenda.

Capitolo 6

Dove Isabelita scopre un vero tesoro, e lo lascia dov'è

Isabelita ormai aveva un solo obiettivo: cercare di vedere almeno una volta le strane creature che la circondavano, silenziose e burlone. Cosí decise di tendere loro una trappola. Si slegò dal collo la pietra azzurra che le aveva regalato la mamma e la osservò tenendola nel palmo della mano: era proprio bella, sembrava una goccia

di cielo, o d'acqua limpida. Poi la appese a un ramo abbastanza basso, e tutto intorno legò sullo stesso ramo alcuni dei nastri che usava per legarsi le trecce, facendo dei bei fiocchi gonfi e vistosi: uno rosa, uno giallo, uno verdino, uno blu... sembrava che le strane farfalle giganti si fossero posate tutte in fila per contemplare la pietra azzurra che riluceva quieta, attraversata da un raggio di sole che scomponeva la sua luce in una miriade di semi colorati che rimbalzavano sulle foglie tutto intorno. Quell'angolo di giungla sembrava abitato dalle fate.

E se erano proprio fate, le strane creature? I libri di Isabelita ne erano pieni: fate minuscole, alte un mignolo, alate, velocissime, che si spostavano come libellule da una foglia all'altra, si vestivano di corolle di fiori e adoravano fare scherzi ai bambini... Ma no, si disse mentre aspettava appostata sotto un'enorme foglia di banano che la ricopriva come un mantello. Semmai esistessero, da questa parte del mondo avrebbero la pelle color del cuoio, come Manos e i suoi amici, e vestitini di pelle, e sarebbero rotonde e grassocce per via di tutta la frutta esotica che si mangerebbero dalla mattina alla sera...

Persa nella sua fantasticheria, Isabelita rischiò di non accorgersi del primo strano essere che si avvicinava silenzioso alla goccia di cielo e la faceva dondolare. Fu il gioco delle schegge di luce sparse nella radura a farle capire che stava succedendo qualcosa. E la sua meraviglia fu immensa quando vide una minuscola scimmia dorata, del tutto simile al suo pupazzo Pilo, accarezzare con un piccolissimo dito peloso il suo gioiello. Una, due, cinque, dieci, venti: in un attimo la radura ne fu piena. Le aveva già viste, Isabelita, quelle strane scimmiette, il giorno che era

sbarcata sull'isola di Testudo:
ma poi si era imbattuta in cosí tante meraviglie che se n'era dimenticata, e non si era nemmeno stupita di non averle riviste piú. Del resto adesso lo capiva: erano creature cosí riservate e schive che quel primo giorno era riuscita a scorgerle solo per l'effetto sorpresa: chissà da quanto tempo non sbarcavano

uomini sull'isola. Ma poi si erano spaventate e avevano preso le loro misure di sicurezza, limitandosi a rapidissime incursioni guidate dalla curiosità. E la curiosità alla fine le aveva indotte a essere imprudenti.

– Come siete belle! – disse Isabelita sottovoce, battendo le mani, ma pianissimo, solo perché non riusciva a trattenere l'entusiasmo. E subito le scimmiette si voltarono verso di lei tutte insieme, rimasero tutte insieme immobili per uno stesso lunghissimo istante e poi sparirono nel fogliame. – Oh, no! – sussurrò Isabelita. – Ecco, vi ho spaventate, e adesso non vi vedrò mai piú... o forse non vi ho nemmeno viste veramente, siete solo un lampo della mia immaginazione... vi ho solo sognate, non esistete davvero, siete frutti deliziosi della fantasia... e non tornerete mai piú, mai piú! – E con questo scoppiò a piangere: la tensione e l'emozione erano troppo forti per poterle controllare.

Mentre piangeva, il volto affondato nelle mani, le spalle scosse da un tremito, non si accorse che le scimmiette minuscole tornavano sui loro passi scostando le foglie con le dita microscopiche; che si scambiavano sguardi d'intesa con i grandi occhi biondi; che piano piano, senza muovere una fronda, si avvicinavano, fino a formare un cerchio attorno a lei, che si era lasciata cadere su un vecchio ceppo. Quando si fu calmata, si asciugò gli occhi ancora annebbiati e si guardò intorno: e solo allora si accorse di essere circondata dalle scimmiette, piccole come fate, altrettanto delicate, solo pelose e bionde come l'oro quando brilla al sole. – Oh... viste da vicino siete ancora piú belle! – mormorò, e tese loro le mani. Tre scimmiette si arrampicarono su uno dei suoi palmi, e due sull'altro; le restanti si appollaiarono sulle sue ginocchia e sulle sue spalle. Avevano un buon odore di miele e di verde mescolati, e piccole zampe callose e fresche che al tocco lasciavano minute tracce dorate, e nasetti umidi da cucciolo di cane che strofinarono

delicatamente sulla sua pelle in segno di saluto, e quando balzavano lasciavano dietro di sé una sorta di nuvoletta dorata, una specie di aura, una scia, un'aureola. Isabelita ne rimase incantata. Erano meravigliose. Erano cosí tenere, e indifese, e fragili, e fiduciose...

Il pomeriggio passò in un baleno, fra coccole e giochi. Se volete sapere che cosa fecero Isabelita e le scimmiette d'oro dovete consultare il suo taccuino, conservato al British Museum, che l'ha acquisito un secolo e mezzo fa e lo custodisce insieme ad altre cose splendide e rare come il rossetto di Cleopatra, lo specchio di Afrodite, i giocattoli di Alessandro Magno quando era Minimo, il caleidoscopio di Galileo... Perché lei disegnò tutto, e tutto scrisse, con pazienza ed entusiasmo, quella sera stessa e nei giorni che seguirono. Solo Manos ricevette le sue confidenze, e annuí comprensivo, e disse: – Brava bambina. Tu conosce segreto di Testudo. Tu ha vero tesoro in tuo cuore.

Sarebbe stato bello se anche Pedro de Silva avesse voluto sapere che cosa faceva la sua bambina tutto il giorno da sola nella giungla: si sarebbe risparmiato un sacco di amarezze e delusioni. Perché continuò a scavare e cercare, cercare e scavare, per giorni e giorni e giorni, invano, alla ricerca di un tesoro che era altrove. Se non l'avete ancora capito siete proprio dei lettori ottusi, lasciatevelo dire: comunque, siccome tocca a me raccontare le storie, mi prenderò la briga di spiegare a quelli che non ci sono ancora arrivati che il tesoro del Tempio delle Scimmie erano proprio le scimmie. Il cuore del tempio non era una stanza segreta,

come pensava Pedro de Silva
e prima di lui aveva supposto
ser Duke de Tremain, basandosi
su congetture infondate: il cuore
del tempio, delimitato dal perimetro
di grandi pietre simili a denti
di gigante, era una miniera d'oro
sotterranea, impossibile da trovare,
almeno per un essere umano, perché
i varchi che vi conducevano erano
stati scavati dalle scimmiette,
che abitavano proprio lí dentro.
E abitando lí dentro, e dormendo
nei cunicoli tappezzati d'oro,
respiravano la polvere del prezioso
minerale, e il loro pelo se ne
intrideva: quindi erano veramente
scimmiette d'oro, non era solo una
questione di colore. Brillavano al

sole come pepite vive; starnutivano polvere d'oro; lasciavano tracce preziose ovunque posassero le zampette.

Tutto questo Isabelita lo scoprí poco alla volta, passando molto tempo con le sue amiche scimmie, quel primo giorno e i successivi, seguendole, osservandole, guardandole sparire nei buchi (quando il suo papà e gli scavatori erano ben distanti) e vedendole ricomparire piú bionde e scintillanti di prima. Una sera, davanti al fuoco, espose la sua teoria a Manos, e lui si limitò a far sí con la testa e a dire:
– Bambina ha capito tutto. Sempre bambino capisce. Cuore non avido ha accesso a tesoro. Cuore chiuso

come sasso non comprende
e non prende.

Era il loro segreto, e tale rimase. Isabelita avrebbe anche voluto confidarsi con il suo papà, ma aveva un terribile timore: che magari, preso dall'entusiasmo per la scoperta, che era la soluzione del mistero dell'isola, decidesse di fare del male alle scimmiette, magari anche senza averne l'intenzione; che volesse portarne alcune con sé nella capitale, per mostrarle al mondo e raccontare di Testudo e del segreto che racchiudeva; di farle soffrire, e di contribuire alla loro fine, perché se si fosse saputo che le scimmiette custodivano una miniera d'oro, qualcuno avrebbe certo deciso di sfruttarla, distruggendo il mondo ancora intatto di quei piccoli deliziosi esseri; e questo lo capisce anche un bambino. Capito, quindi?

Magari si sbagliava; magari il suo papà si sarebbe intenerito come era successo a lei, e avrebbe rispettato le creaturine e il loro mondo, e apprezzato la delicatezza con cui Isabelita si era avvicinata a loro ed era riuscita a scoprirne l'esistenza quando ancora era soltanto un sospetto. Magari. Magari no. In questa storia non vogliamo correre rischi e ritrovarci con una scimmietta d'oro impagliata in un museo, e le sue compagne scuoiate per farne pelliccette e sciarpette: quindi la finiamo qui.

Epilogo

La finiamo qui, ma non è finita. Dobbiamo ancora dire che cosa successe a Isabelita, al suo papà e al resto della spedizione, anche se in parte è abbastanza prevedibile. Don Pedro alla fine si stancò di cercare il tempio e il tesoro che era sotto il suo naso; deluso e amareggiato, fece un falò dei preziosi appunti di ser Duke de Tremain, delle mappe e di tutto il resto, la sera prima di fare i bagagli e tornare indietro, sulla costa dell'isola di Testudo, riprendere il mare e tornare a Prado del Mar. Lí pagò Manos e i portatori, e ripartí con Isabelita alla volta di casa, dove fece una lunga, insolita sosta per riprendersi dalla depressione che l'aveva assalito e pensare alla prossima avventura da intraprendere.

Isabelita si congedò con una certa malinconia dalle scimmiette dorate, non senza lasciare loro un piccolo dono: e chi mai capitasse sull'isola di Testudo e avesse la pazienza e la fortuna di vederne una, magari noterebbe che porta appeso al collo un laccetto di cuoio con una pietra azzurra che sembra una goccia di cielo, e osserverebbe quanto è strano che una scimmia ami quel genere di abbellimenti, cosí umano; ma forse non noterebbe un bel niente, abbagliato dallo straordinario colore d'oro del pelo

della scimmietta stessa. Isabelita comunque le portò per sempre con sé, non in carne e ossa, ma sotto forma di ricordi, che sono sempre una gran compagnia, e di disegni, perché a furia di ritrarle aveva finito il taccuino, e una volta tornata a Prado del Mar si procurò subito una scatola di pastelli e una di acquerelli per colorare i disegni prima che la memoria sbiadisse.

Seguí ancora il padre nei suoi viaggi, e riuscí sempre a fare le sue personali scoperte, anche se non tutte straordinarie come quella delle scimmie: ma possedeva un enorme spirito di osservazione, che le consentiva di notare ciò che è invisibile alla maggior parte della gente. Con tutto quel bottino, mescolato all'immaginazione, imparò a inventare storie bellissime, che corredava di illustrazioni magnifiche; storie destinate ai bambini, perché solo loro (e non proprio tutti) riescono a capire certe cose; e cosí da grande diventò scrittrice e illustratrice di libri per bambini, che sono due mestieri

affascinanti e interessanti, consigliabili a tutti, purché si possiedano le doti che Isabelita possedeva in abbondanza: curiosità e attenzione, spirito d'osservazione, rispetto e affetto per le cose del mondo, che ci riservano sempre qualche sorpresa, se le sappiamo guardare nel verso giusto.

La bambina che indovinava gli indovinelli

Prologo

In questa storia si parla di mostri: quindi, se hai paura, lascia perdere subito. In questa storia si parla di mostri che mangiano i bambini: quindi, se prima non avevi paura ma adesso sí, sei ancora in tempo. In questa storia si parla di mostri che mangiano i bambini e di una bambina che non aveva paura di niente, nemmeno dei mostri:

se pensi che ti possa interessare, perché anche tu sei cosí, o vorresti scoprire il segreto per esserlo, allora vai avanti, caro lettore. Ti si chiederà di seguire le vicende di Ilide, bambina speciale, e anche di metterti nei suoi panni e avere un po' della sua abilità. Non è necessario, dal momento che la protagonista è lei e tu, con tutto il rispetto, sei solo un lettore, appunto. Però, credimi, ti sentirai molto soddisfatto e compiaciuto se riuscirai a essere lei per qualche istante e a fare quello che lei sapeva fare tanto bene. Altrimenti pazienza: continua a leggere, e alla fine ne saprai comunque qualcosa di piú che all'inizio, ossia adesso. Dài.

Capitolo 1

Dove incontriamo Ilide e veniamo a conoscenza della sua straordinaria capacità

In un mondo lontano che è esistito veramente, però un sacco di tempo fa, in un mondo in cui invece dei vestiti si indossavano tuniche simili a tende drappeggiate, e si dava moltissima importanza a cose oggi considerate inutili, o almeno superflue, come la filosofia, la poesia, la musica, viveva una bambina che si chiamava Ilide.

Aveva anche lei la sua bella tunichetta che assomigliava a un'abat-jour e si annodava su una spalla lasciando l'altra libera e nuda, cosa molto piacevole d'estate col venticello, un po' meno d'inverno; ma d'inverno lei non usciva molto, e nemmeno d'estate, se è per questo,

perché in quel mondo le bambine e le ragazze venivano perlopiú tenute chiuse in casa, anzi, in una zona speciale della casa che si chiamava gineceo e che era, appunto, il posto delle donne e dei bambini. Se un bambino era femmina, praticamente stava nel gineceo da sempre a sempre; se invece era un maschio, verso i sette-otto anni ne usciva per andare a scuola e in palestra e imparare le cose necessarie per diventare un uomo: un guerriero, un politico, un attore, uno scultore, comunque un uomo. Le bambine restavano lí, e quando si sposavano (matrimoni combinati dalle famiglie) uscivano dal gineceo in cui erano nate per entrare in quello della famiglia del marito. C'era qualche eccezione: le ballerine, per esempio; o le poetesse; femmine destinate a stare nel mondo. Ma erano poche, essendo, com'è stato già detto, eccezioni.

Ora, a noi questa cosa sembra strana e assurda, ma solo perché abbiamo altre abitudini; all'epoca sembrava normalissima, e comunque le bambine e le ragazze nel gineceo studiavano, imparavano la letteratura, le rime, la danza e la musica, e quindi non restavano delle zuccone senza speranza; le piú zuccone imparavano comunque delle cose utili e piacevoli come cucinare, tessere le stoffe sul telaio, tenere l'orto, e quindi ciascuna trovava un modo per occupare bene il suo tempo. Ilide aveva dimostrato fin da piccolissima una certa propensione per le parole: aveva imparato a parlare prestissimo, e le piaceva ascoltare le storie degli dèi e degli eroi raccontate dall'aedo, un signore dotato di cetra che ne pizzicava le corde e intanto canticchiava le storie come se fossero pezzi di un musical; e le piaceva ascoltare le poesie lette dalle ragazze piú grandi, che srotolavano papiri, recitavano e sospiravano sognando l'amore; e le piaceva risolvere i piccoli enigmi che le donne si lanciavano e si scambiavano per passare il tempo. Per esempio:

Che cos'è che ha il pelo scuro e fitto
come l'orso,
ruggisce come l'orso,
ha le zampe come l'orso,
ha la coda come l'orso,
ti mangia come ti mangia l'orso,
ma non è un orso?

Facile: l'orsa. Oppure:

Chi è che anche quando piove
fortissimo non cerca di andare
al riparo?

Facilissimo: il pesce. Oppure:

Se ce l'hai, non la vuoi.
Ma se ce l'hai, la cerchi.

Facilissimimissimo: la pulce.
Oppure:

Che cos'è che non sa disegnare
e nemmeno dipingere,
però sa fare ritratti a tutte
le ore?

Semplice: lo specchio.

Tutte queste cose Ilide le sentiva dire dalle donne e dalle ragazze, e le imparava, e si divertiva, e ascoltava bene le risposte e se le ricordava; cosí, la volta dopo che qualcuno faceva lo stesso indovinello, sapeva sempre che cosa rispondere.
Piano piano, grazie alla sua memoria straordinaria e alla capacità di far lavorare la zucca,

diventò la risolutrice di indovinelli più abile della casa. Era così brava che qualche volta il suo papà, la sera, la faceva uscire dal gineceo e andare nella sala del banchetto perché mostrasse la sua abilità agli ospiti. Tutti ridevano e battevano le mani davanti alla straordinaria capacità di Ilide, che aveva imparato a risolvere anche gli indovinelli che non aveva mai sentito: rifletteva, metteva insieme gli indizi e dava la risposta, ed era sempre giusta.

– Senti un po' questa:

Lo sanno aprire tutti
ma chiuderlo nessuno.
Cos'è?

chiedeva per esempio un amico di famiglia, che era appena tornato da un viaggio in Oriente e aveva sentito raccontare l'indovinello da un cammelliere, in una notte nel deserto. E Ilide ci pensava un po', si grattava la testa (faceva un po' di scena per aumentare la tensione), poi la scuoteva come uno che non sa, poi si toccava la fronte col dito indice, s'illuminava tutta e diceva:

– Facile. È l'uovo. Ho indovinato, vero?

E giú applausi.

Era bello, certo. C'era un solo problema. Ilide veniva ascoltata solo quando c'era un indovinello da indovinare, una sciarada

o un giochino di parole da risolvere.
Per il resto doveva stare zitta buona muta nel gineceo e possibilmente non farsi vedere né sentire.
Un destino comune a tutti i bambini dell'epoca, e piú comune per le bambine, certo, però abbastanza triste. Un destino che a lei non piaceva per niente.

Capitolo 2

Dove Ilide si avvia a una brillante carriera di indovinatrice

Ora, la fama della straordinaria abilità di Ilide mise le ali, e volò e volò per tutto il paese, anche se a quell'epoca non c'erano i telefoni e le mail, perché le cose importanti trovano sempre un modo per essere conosciute da tutti. Ormai la bambina aveva nove anni, e almeno da tre risolveva indovinelli, anagrammi e sciarade;

si divertiva con le rime e i giochi
di parole; scioglieva gli enigmi.
Il piú famoso di quell'epoca ormai
lo sapevano tutti, bambini, grandi
e vecchi, è proprio il caso di dirlo:
era l'indovinello della Sfinge,
che diceva cosí:

Qual è quell'animale che da cucciolo
ha quattro zampe,
da adulto ne ha due,
e da vecchio ne ha tre?

La risposta giusta al tremendo
mostro con il corpo da leonessa,
che aveva l'abitudine di mangiarsi
tutti quelli che non indovinavano
l'indovinello, l'aveva data Edipo,
e certo l'hai capita anche tu. No?

Possibile? Credevo che ormai lo sapessero tutti. Va be', te lo dico: la risposta è l'uomo. Che da piccolo va a gattoni, da adulto cammina su due gambe e da vecchio usa una terza gamba, il bastone. Facile, no? No? Come no? Su, andiamo.
Ma ce n'erano ancora molti, di indovinelli, che restavano misteriosi e irrisolti. In un certo senso erano come dei lucchetti,

che servivano a tenere rinchiuse delle cose che dovevano restare rinchiuse; oppure delle prove, che invece di richiedere la forza della spada esigevano l'uso dell'astuzia. Comunque sia, quando la fama di Ilide cominciò a diffondersi, si moltiplicarono le richieste d'aiuto. Richieste serie: perché un conto è scambiarsi indovinelli a un banchetto, per divertirsi; un conto è se, per esempio, l'unico ponte della zona è sorvegliato da un cane a tre teste con gli occhi (sei in tutto) grandi come piattini, che si avventa su chiunque cerchi di attraversare, e lascia passare solo chi risolve il rebus che ha tracciato per terra tenendo un bastoncino nella zampa.

O se, per fare un altro esempio, la tua fidanzata è stata rapita da un drago che ha la faccia fatta da cento serpentelli velenosi, e tu la rivuoi indietro, per salvarla e sposarla, e lui non accetta di combattere, no: ti fa una domanda, e se non rispondi minaccia di sposarsela lui, la fidanzata. E in quel mondo, a quel tempo, c'erano un sacco di mostri che infestavano i posti piú impensati e facevano le domande piú stravaganti, e chi non riusciva a rispondere non poteva tornare indietro per ripensarci e magari ritentare la settimana dopo, no: veniva divorato sul posto, capelli, unghie, vestiti e tutto.

Insomma, una bambina sveglia e abile come Ilide era richiestissima. E i suoi genitori decisero che, invece di tenerla chiusa nel gineceo fino all'età da marito, tanto valeva mandarla in giro a risolvere i problemi degli altri: cosí si sarebbe resa utile e magari avrebbe anche attirato l'attenzione di qualche pretendente interessante. Ilide ne fu felicissima: almeno aveva la possibilità di farsi ascoltare, di far sentire la sua voce. Anzi, era proprio quello che volevano, no? Che desse voce alla risposta giusta.

Il suo primo ingaggio fu sulla riva di un fiume, dove c'era un guado, l'unico passaggio per miglia e miglia; ma non si poteva traghettare tranquillamente, no, perché un'Idra arrabbiata fermava tutti e sibilava il suo indovinello. Lei non si mangiava chi non sapeva rispondere, perché era vegetariana, però non lasciava passare nessuno, e la conseguenza era che in quella zona tutti i commerci e gli scambi erano paralizzati. Fu il traghettatore a mandare un messaggio alla casa di Ilide, chiedendole di venire subito; e visto che non si correvano tanti rischi, i genitori di lei acconsentirono a mandarla ad affrontare la missione numero uno, accompagnata da Leto, uno schiavo frigio che portava sempre sulla testa un berretto frigio (come quelli dei Puffi, per intenderci). Perché non stava bene che una bambina di buona famiglia se ne andasse in giro da sola, e perché Leto era stato incaricato di riscuotere l'eventuale ricompensa alla fine del lavoro: non era appropriato che una bambina di buona famiglia tendesse la mano come

una mendicante, certo che no.
Ilide accettò di buon grado la nuova opportunità: del gineceo era bell'e che stufa, detestava stare in mezzo a tutti quei bambinetti e alle donne preoccupate solo di truccarsi, pettinarsi, farsi belle per andare ai banchetti; e loro si erano stufate di lei, perché era troppo sveglia per i loro gusti, a confronto si sentivano delle zucche vuote e non era certo piacevole farsi battere sempre da una bambina.

E poi, come abbiamo già detto, andando in giro per il mondo poteva farsi ascoltare: cosa che ci fa capire parecchio della sua personalità.

Capitolo 3

Dove Ilide affronta la sua prima sciarada da professionista

E cosí Ilide e Leto partirono. Lui portava bisacce e fagotti, coperte per la notte, un sacchettino di monete nascosto in un calzare, gallette e acqua per la fame e la sete, e altre cose che potevano essere utili; lei portava soltanto se stessa e la sua intelligenza, e tutti al loro passaggio si fermavano e la indicavano e si dicevano: – Ecco

la piccola Ilide dalla lingua lunga e dal cervello fino. Ce la farà a cacciar via l'Idra vegetariana?

Ilide sperava proprio di sí, e per concentrarsi e non avere paura cercava di pensare ad altro: guardava le nuvole e ne studiava le forme, osservava le piante che fiancheggiavano la strada, teneva a mente le curve e le svolte del percorso. Infine, lei e Leto arrivarono al fiume. Niente da dire: l'Idra era proprio brutta. Aveva una chioma di rettili che le danzavano tutto attorno al muso da drago e dardeggiavano in avanti cercando di mordere chi capitava a tiro, *snap snap snap*. Quando li vide arrivare, lo schiavo e la bambina, scoppiò a ridere gettando indietro la testa serpentina tutta intera: gliel'avevano detto, che avrebbe avuto un'avversaria insolita, ma cosí piccola proprio non se l'immaginava.

– Be', io sono qui, – disse Ilide, senza lasciarsi intimorire: in fondo l'Idra era cosí brutta che le faceva quasi pena. Quasi.

– Sei minuscola, avrai il cervello minuscolo. Come pensi di riuscire a risolvere la mia sciarada?

– Almeno ci provo, – disse Ilide. – Avanti, sputa.

E l'Idra sputò. Letteralmente: mentre parlava, la saliva dei serpentelli neri schizzava tutto intorno con un disgustoso effetto pioggia. Ilide, tranquillissima, si voltò verso Leto, che le porse un ombrello di tela rossa; lo aprí, e riparata dagli schizzi ascoltò molto attentamente le parole bavose dell'Idra.

– La mia prima è la testa
o chi guida una banda;
la seconda è fatica,

un impegno che stanca;
sommate fanno un'opera
di valore speciale,
da mettere al museo
e in silenzio osservare.

Allora, bambina saputella, che cosa ne dici? Eh? Eh? Hai capito? Ma no, cosa vuoi aver capito, andiamo... da quando in qua spediscono i bambini a risolvere le sciarade? Ah, è il mondo alla rovescia...

– Capolavoro, – disse Ilide a bassa voce.

– Eh sí, certo, le mie sciarade sono un capolavoro di astuzia... ma... come... cosa... – E l'Idra ammutolí. Perché «capolavoro» era la soluzione della sciarada. Prima parola: capo. Seconda parola: lavoro. Parola uno piú parola due: capolavoro.

– Fin troppo facile, – disse Ilide, voltandosi verso la piccola folla che aveva seguito lo scambio con trepidazione e adesso esultava. – Ho fame, Leto. Mi dai qualcosa?

Focacce e focaccine, dolcetti ripieni di ricotta e miele, fichi con le mandorle, pesche e albicocche, yogurt di capra punteggiato di mirtilli, una tortina ai pinoli: queste furono solo alcune delle cose che vennero prontamente offerte a Ilide dai presenti. Intanto l'Idra faceva i bagagli (ovviamente è un modo di dire: mai vista un'Idra con

la valigia?) e spariva tuffandosi nei gorghi del fiume fino al centesimo serpentello. E la gente gridava «evviva» e «yuhuu» e le altre cose allegre e senza senso che si gridano quando si è contenti, e il traghettatore si rimise subito al lavoro, e di nuovo furono scambiate merci fra paesi diversi e insomma, la gioia tornò in quella regione.

– Andiamo a casa, mia piccola signora? – disse Leto a Ilide dopo che si furono ben saziati tutti e due (e dissetati con sidro, idromele, birra di robinia, acqua zuccherata e vin dolce, un po' tutto mescolato). E Ilide annuí, e fecero ritorno a casa.

Capitolo 4

Dove Ilide scopre di avere dei genitori veramente avidi

Ilide e Leto furono preceduti dalla fama del primo successo della bambina fuori dalle mura domestiche: e quando tornarono a casa furono accolti da un altro coro di «evviva» e «yuhuu». Ma dopo un po' cominciarono i problemi. Perché il padre di Ilide, esauriti i convenevoli, disse a Leto: – Fuori i soldi –. E Leto lo guardò senza capire. Poi guardò Ilide. Lei strinse le labbra e si rivolse al padre: – Ci siamo dimenticati di chiederli, – disse. – Ma quella gente era cosí contenta... e poi erano poveri... ci hanno dato quello che potevano –. E fece cenno a Leto di estrarre dalla bisaccia qualche provvista che si erano impacchettati per il viaggio di ritorno. Leto frugò, agitò, e trasse dalla bisaccia alcuni involti che, una volta aperti, si rivelarono pieni di briciole, a dimostrazione che le tortine di ricotta non amano viaggiare.

– E quella schifezza che cosa sarebbe? – tuonò il padre di Ilide.

– Tortine, – rispose lei, mentre Leto stava a capo chino come si conviene agli schiavi, terrorizzato all'idea che il padrone prendesse la frusta e lo picchiasse.

– Tortine un accidente! Io ti mando in giro per guadagnare, non perché tu mi riporti una poltiglia molliccia. Per Zeus, bambina, lo vuoi capire che senza soldi nella vita non si muove niente?

Ilide a quel punto si volse verso la mamma, sperando di trovarla complice. Niente: la donna si voltò dall'altra parte per non dover dir nulla. Ma il suo sguardo duro e tagliente diceva che stava dando ragione al marito, non alla figlia. A quei tempi le donne si comportavano cosí, sempre. Una rivelazione terribile per Ilide, che aveva sempre creduto di avere dei genitori buoni e generosi. Quante cose si scoprono, a contatto con la dura realtà. Ilide ci rimase malissimo. Lei si era divertita molto, aveva fatto una cosa utile e ricevuto ringraziamenti e regali, e andava bene cosí. La parte del guadagnarci sopra non l'aveva proprio capita. E non le piaceva per niente, adesso che ci pensava: era come se i suoi genitori volessero usarla, sfruttarla. E senza muovere un dito; senza nemmeno fare lo sforzo di accompagnarla in giro per il mondo, visto che avevano affidato il compito a Leto.

Il problema di avere un cervello fino è che funziona sempre, non lo puoi spegnere quando non hai voglia di ascoltarlo; e Ilide capiva che le cose messe in quel modo non andavano per niente bene. Ancora una volta, non era stata ascoltata: la madre e il padre non avevano voluto sentire le sue ragioni. Ilide ci rifletté qualche giorno, e quando arrivò un nuovo invito (c'era un mastino grande come una casa parcheggiato davanti a un tempio molto frequentato, che

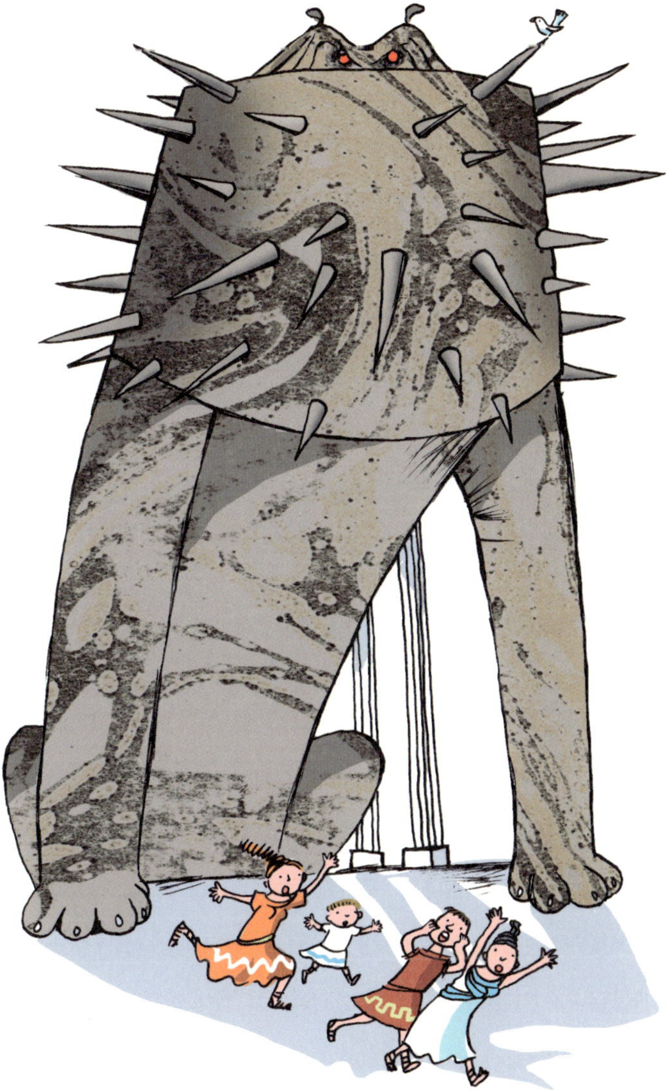

minacciava di mangiarsi le persone che gli passavano davanti se non risolvevano una sciarada) con tutta calma andò da mamma e papà e disse loro: – Io credo di dover mettere le mie capacità al servizio della gente. E mi piace l'idea di girare il mondo per risolvere problemi. La gente è generosa, se la togli dai guai; e se anche non diventerò ricca, avrò sempre abbastanza da mangiare per me e per Leto. Quindi vi chiedo di liberare me dal vostro dominio e di liberare anche Leto, che è uno schiavo, e di lasciarci andare per la nostra strada. Non vi chiederemo piú niente; e voi non vorrete piú niente da noi. Lo so che ascoltarmi vi riesce difficile. Ma fatelo solo questa volta, e non vi darò piú nessun fastidio. D'accordo? Se non mi lasciate andare, ve lo dico, ed è meglio che mi ascoltiate, vi complicherò la vita.

Madre e padre ci pensarono un po'; avevano già capito che da quella bambina testona non potevano cavare granché, ed era chiaro che se non l'avessero lasciata andare sarebbe fuggita, gettando la vergogna sulla casa. Quanto a Leto, di schiavi ne avevano tanti, a uno potevano anche rinunciare liberandolo, e cosí avrebbero anche fatto bella figura con i vicini, andava abbastanza di moda liberare uno schiavo ogni tanto; e comunque una bambina della loro famiglia non poteva certo andarsene in giro da sola: che figura ci avrebbero fatto loro? Quindi acconsentirono a tutto. Leto da schiavo divenne libero senza che nessuno si prendesse la briga di avvisarlo finché le cose non furono decise, come peraltro succedeva agli schiavi; ma ovviamente ne fu molto contento e giurò eterna fedeltà alla bambina che l'aveva fatto liberare. Andare in giro per il mondo senza vincoli era comunque un enorme passo avanti per uno schiavo; e con lei aveva una mezza idea che si sarebbe anche divertito.

E cosí Ilide e Leto ripartirono verso la prossima sciarada. Attrezzati di se stessi e poco piú, liberi tutti e due, contenti di affrontare una nuova vita.

Capitolo 5

Dove Ilide risolve parecchie altre sciarade, e si diverte

Da quel giorno la vita di Ilide si fece movimentata, avventurosa e molto soddisfacente. Lei era brava; Leto la proteggeva e la accompagnava; la gente la acclamava prima e dopo le sciarade. Per farla breve, ne citiamo soltanto una. Il mostro di turno era una specie di enorme geco pallido che abitava in una caverna. Ma da quella caverna usciva una sorgente che dava acqua e dunque vita a una valle intera; e il geco con il suo enorme corpo molliccio la bloccava, lasciando uscire solo un minuscolo rivolo inutile. La ragione era semplicissima: il geco enorme viveva una vita insipida quanto lo era lui, un vasto essere grigiastro

e informe, che dal buio era stato abituato a non distinguere i colori, che mangiava solo alghe e licheni dallo stesso deprimente sapore di acqua ferma. Il sapore era la sua ossessione. E infatti sfidava i passanti (i pochi eroici esseri che cercavano di liberare l'acqua per il bene della valle) con una sciarada che rivelava la sua mania:

La sciarada dei sapori
mette insieme due contrari:
il primo arricciabocca,
il secondo soave.
E il risultato è strano:
una salsa viscosa
che ricopre ogni cosa,
che è un po' questo un po' quello,

che delizia il palato
e ti lascia saziato.

Quando Ilide, come al solito convocata dagli abitanti del luogo, disperati, si vide davanti quell'enorme essere informe e ne ascoltò la golosa sciarada, non ebbe alcun dubbio. – Agrodolce, – sentenziò. – La prima parola è agro, la seconda dolce. Ma ti dico una cosa, caro geco: non basta un sugo, per quanto insolito, pungente e piacevole, per dare sapore alla vita. Bisogna viverla, la vita, per gustarla. Guarda me: finché ero chiusa nel gineceo vivevo a metà; adesso che mi sono fatta libera vivo fino in fondo, e sto bene. Anche senza salse. Anche in bianco, – e compí un giretto su se stessa facendo danzare le pieghe della tunichetta candida.

Il geco borbottò: – Non capisco quello che dici.

– Per forza, – disse Ilide. – Dài, vieni, assaggia la vita –. E cominciò a tirarlo per la striminzita zampetta bianca, e strattone dopo strattone riuscí a trascinarlo fino all'imboccatura della caverna, che si apriva sulla valle. Il geco strizzò gli occhietti minuscoli, accecato dalla luce. Ma Ilide, rapida, gli fece una fresca corona di foglie che gli riparasse un po' lo sguardo e continuò a guidarlo giú per la strada che portava al villaggio.

– Sento profumi, – diceva il geco.
– Sento qualcosa che mi formicola sulla pelle...

– È il sole, e il vento, che ti accarezzano.

– Sento voci come cigolii...

– Sono gli uccelli che cantano, e gli animaletti del bosco che ti salutano.

– Sento... sento paura: non so dove mi stai portando, non so se mi piace, non so se mi vogliono...

– Se tu vuoi gli altri, gli altri vogliono te, – sentenziò Ilide.
– Andiamo, andiamo...

Gli abitanti del villaggio accolsero il geco con diffidenza, all'inizio. Era il mostro che aveva complicato tanto la loro vita, e

adesso che cosa voleva? Pensava che bastasse liberare la caverna e lasciar scorrere l'acqua per saldare il suo debito? Ma Ilide spiegò loro, paziente: – Non vedete che non farebbe del male a una mosca? È grigio, è pallido, è solo. E la sua vita è pallida come la sua pelle. Abbiatene pena, ascoltatelo, e aiutatelo.

Siccome a tutti piace sentirsi buoni con chi è piú sfortunato, gli abitanti del villaggio cominciarono ad avvicinarsi al geco, a sfiorarne la pelle liscia e fresca; i bambini gli si arrampicarono addosso e lui non li scacciò; insomma, piano piano le cose si sistemarono. E ci furono festeggiamenti, doni di cibo e

collanine e mantelli, per Ilide e Leto, chiacchiere, danze, ululati di entusiasmo: la gioia che traboccava dai cuori delle persone si spandeva intorno e per Ilide era il premio piú bello.

Ci furono altre sciarade, altre sfide: qui ne citeremo solo una in piú, gettata da una strana maga chiamata Despina, con il corpo di serpente e il busto di donna e lunghissimi capelli neri e grandissimi occhi verdi, che se ne stava avvoltolata dentro una vasca piena d'acqua e faceva solo indovinelli che c'entravano con la natura. La maga era stata condannata ad avere quel corpo

doppio dall'incantesimo di una megera, e solo chi avesse risolto le sue sciarade l'avrebbe liberata; cosí lei attirava i viandanti con la sua bellissima voce, cantando, e poi li teneva lí con sé finché non provavano a risolvere l'enigma di turno. E se non ci riuscivano, li trasformava in sassi: infatti la radura in cui abitava sembrava un tappeto di pietre. Avvertita dai parenti delle persone mutate in sassi, Ilide marciò sicura nel cuore della radura e disse con gentilezza a Despina che era lí per aiutarla.

– Figurati, – disse la maga, sprezzante. – Non ci sono riusciti geometri né geografi, negromanti né sacripanti, filosofi né matematici, e vuoi riuscirci tu, che sei alta quattro semi? – E intanto occhieggiava Leto, che era un bel ragazzo con i capelli rossicci dei frigi.

– Almeno lascia che ci provi, – disse Ilide. – Dài, sentiamo.

E la maga Despina recitò:

La parola comincia
col contrario di mai.
Continua colorata
di un colore di prato.
Intera fa una pianta
che non perde le foglie
ma se le tiene strette
tutto il tempo che vive.

– Facile facile, – disse Ilide dopo tre secondi netti. – La soluzione è

sempreverde. Giusto? – Giusto! – esultò Despina uscendo dalla vasca sui due piedi: perché all'istante la coda era sparita, ritratta nel corpo, ed erano spuntate due belle gambe fornite di regolamentari estremità. Era un po' bagnata, e per fortuna aveva i capelli lunghissimi che le ricoprivano il corpo nudo, perché già Leto era diventato tutto rosso cosí, dai capelli alla faccia; ma subito, da gentiluomo, si sfilò il mantello e glielo gettò sulle spalle perché potesse asciugarsi, scaldarsi e coprirsi. Ilide spiò divertita gli scambi di sguardi dei due, e capí che stava per succedere qualcosa, ma fu distratta dalla trasformazione delle pietre che, finito l'incantesimo, si

sgranchivano e tornavano uomini, donne e bambini. Ci fu una grande celebrazione, naturalmente, che lasciò tutti felici ed estenuati. E la mattina dopo, finiti i prevedibili festeggiamenti, Leto e Despina si avvicinarono a Ilide, che stava preparando i bagagli per andare

verso la prossima sciarada, e le annunciavano che avevano deciso di sposarsi, se per lei andava bene.

– Be', siete gentili a dirmelo, – disse Ilide. – Ma siete grandi, e non dovete certo chiedere il permesso a me. Tu poi non sei piú uno schiavo, sei libero, e puoi fare quello che vuoi, – aggiunse rivolta a Leto.

– Sí, – disse Leto, rossissimo, – ma se io mi sposo con Despina, tu dovrai continuare i tuoi viaggi da sola.

– Ormai sono grande, e non ho paura, – disse Ilide, anche se non era vero. – Voglio che voi siate felici.

Non era vero che non avesse paura, e poi le piaceva avere un accompagnatore fidato: in fondo non dimentichiamo che, per quanto astuta e coraggiosa, era pur sempre una bambina in un mondo di grandi, e di mostri ancora piú grandi dei grandi. Ma voleva davvero la felicità di Leto, e gliela concesse. – Mi arrangerò, – disse fra sé. E continuò il suo viaggio in solitario.

Capitolo 6

Dove Ilide incontra il piú brutto dei brutti mostri

Ormai Ilide era cosí abile che nessuno dubitava piú delle sue capacità, nemmeno lei. E cosí venne il momento in cui poté sfidare anche i mostri piú mostruosi, quelli che davano il tormento agli uomini per il gusto di darlo; o quelli che con i loro enigmi custodivano cose non necessarie come l'acqua e il cibo, però importanti e preziose.

Insomma, diventò una cacciatrice di tesori. Come sarebbero stati contenti, i suoi avidi genitori, di vederla tornare trionfante dall'ennesima sfida vinta con le bisacce piene di polvere d'oro e gemme: perché adesso non le regalavano piú solo tortine e pasticci, ma parti dei tesori che recuperava. Però lei vinceva per il gusto di vincere, e poi regalava tutto a chi ne aveva bisogno, tenendo per sé solo l'indispensabile. Se fosse vissuta ai nostri tempi, le avremmo messo una tuta e una mantellina e l'avremmo fatta diventare un supereroe. Invece rimase una bambina con la sua tunichetta ad abat-jour, felice e contenta.

E fu in queste condizioni che affrontò la sua sfida piú importante: quella all'Orrido Dragone Musicale. Tutti sapevano di lui, ma nessuno era tornato indietro a raccontare com'era di preciso e cosa faceva. Custodiva una cosa che non sembra necessaria ma lo è: la musica.
La città di Tirso era sempre stata celebre per la sua bella musica e l'abilità dei suoi abitanti nel cantare

e suonare; non c'era momento della giornata in cui le vie non fossero invase di melodie; cantavano tutti, dai bambini ai vecchi, dai poveri ai ricchi, e praticamente a Tirso la malinconia non esisteva. Un dio invidioso, che non aveva avuto il dono delle note, fece quello che gli dèi invidiosi degli uomini possono fare, essendo dèi: trasformò la musica che scorreva nell'aria in una polvere impalpabile e la rinchiuse in uno scrigno. A custodia dello scrigno, in cima a una montagna, mise il mostro piú orrendo e astuto che si fosse mai conosciuto. La città, senza musica, ben presto diventò melanconica; e i cittadini mandarono una delegazione dall'oracolo (una specie di mago che

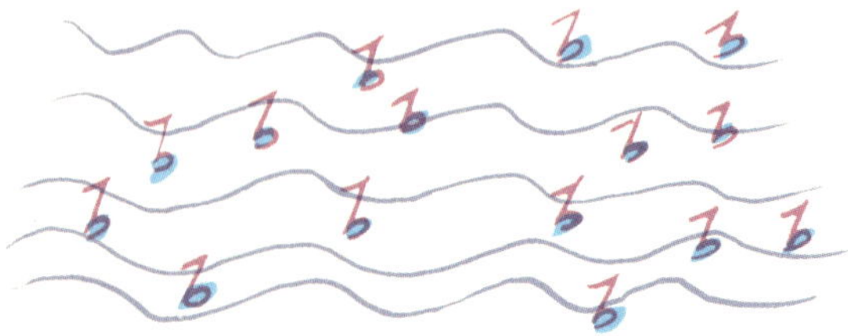

guarda nel futuro)
per chiedergli
come si poteva
risolvere il problema.
L'oracolo rispose in
modo misterioso, dicendo che
la soluzione era «bambina».
I cittadini interpretarono in modo
approssimativo la risposta, e cosí
ogni anno, il primo giorno di
primavera, due bambini e due
bambine di dieci anni venivano
spediti sulla montagna nel tentativo

di risolvere l'enigma dell'Orrido Dragone. E non tornavano piú. Facile immaginare che il Dragone se li mangiasse, visto che la strada per la montagna era costellata di piccole lucide ossa bianche che sembravano essere state succhiate molto bene da una lingua lunga e ruvida. Ma i cittadini ci provavano lo stesso, e tutti gli anni sacrificavano quattro bambini nella speranza di riavere indietro la musica. Senza alcun risultato.

Fu a questo punto che arrivò Ilide. Si fece spiegare bene la situazione, deglutí alla vista degli ossicini bianchi, e risoluta partí per la cima della montagna.

L'Orrido Dragone, quando la vide avvicinarsi, scoppiò a ridere. – Di solito mandano dei bambini; una nana non l'avevano ancora spedita.

– *Sono piccola di statura*
ma ho la testa fuori misura, –
disse Ilide.

– In rima forse vuoi parlare
e il Dragone vuoi sfidare?
– Certo sí, ed è cosa sicura
che non provo nessuna paura.
– Non ci credo, non è vero
il tuo linguaggio non è sincero.
– E il tuo, brutto Drago, lo è?
Tu che fai male senza un perché?
– Il perché te lo do sulla testa,
farti a pezzi per me è una festa.
– Non credere che sarà una
passeggiata,
io la mia zucca la tengo riparata.
E con la zucca scioglierò il mistero
per cacciarti via a pezzetti o intero.

Be', lo si è capito: quei due potevano continuare cosí ancora per ore e ore. Quindi facciamoli smettere e andiamo avanti.

– Su, spara, mostraccio, – urlò Ilide. E lui, canticchiando una melodia lenta e suadente:

– La mia prima ce l'hanno tutti,
belli e piccoli, vecchi e brutti;
da bambini mille volte la chiamano
e sempre con sé la reclamano,
ma la parola giusta è la versione
seriosa,
non quella che in bocca ai piccoli riposa.

La seconda è in fondo al mare
E colui che si sa tuffare
Prima o poi la pescherà
E assai ricco diverrà.

Il mio intero è bianco e argento,
è pancia di conchiglia,
è prezioso ornamento.

Be', diciamolo: non era una sciarada facile, soprattutto la prima parte. Ma Ilide ci pensò, ci pensò, ci pensò, chiese una pausa, chiuse gli occhi, respirò a fondo, contò fino a dieci... e alla fine strillò:

– MADREPERLA!

E il Dragone, esterrefatto, strillò a ruota: – COME FAI A SAPERLO?

– Lo so e basta, – ribatté Ilide tranquilla, a voce piú bassa. – Ho vinto. Restituisci la musica alla città, e vattene di qui. E seppellisci quelle povere ossa, che spezzano il cuore solo a vederle.

– Ma... ma... ma... – Il mostro era rimasto senza parole. Si afflosciò su se stesso e scoppiò a piangere disperato. – E adesso che cosa farò della mia vita? – diceva fra i singhiozzi. – Che senso avrà, senza spaventi da inventare e gente da spaventare? Un mostro è un mostro e deve fare cose mostruose, ma se non può piú, che cosa ne fa di se stesso? Si butta giú da una rupe sperando di schiantarsi? E se non si schianta?

Sulle prime Ilide non gli diede retta: sembravano i soliti lamenti dello sconfitto. Poi però, abituata com'era ad ascoltare, tese meglio le orecchie, e capí che il mostro diceva sul serio. Era sincero, in un suo modo mostruoso. Ed era veramente contrito e disperato. Cosí, incapace di vedere qualcuno soffrire, gli disse:

– Caro mostro, sono arrivata fino a qui rispondendo a un sacco di domande. Ogni sfida era una domanda. La tua è stata la piú difficile, e mi complimento con te per questo –. A tali parole il mostro si riprese un po': il suo orgoglio ne usciva soddisfatto. – Adesso voglio riposarmi, – riprese Ilide. – E dopo te la farò io, una domanda, e tu farai il piacere di rispondere. Capito?

Il mostro non si era mai sentito apostrofare cosí. In verità non si era mai sentito apostrofare e basta. Sapeva di essere stato sconfitto; la regola vuole che un mostro, quando non riesce a compiere il suo dovere, finisca incenerito dallo sguardo di chi lo vince. Cosí rimase lí, aspettando di finire incenerito; ma Ilide, che pure lo stava guardando, non lo incendiò; il suo sguardo era deciso e fermo, ma non scottava affatto. Cosí, dopo un po', il mostro fece dondolare il testone e lo appoggiò sulle zampe davanti, come un cane stanco. Era sfinito; era disorientato, perché le cose non stavano andando come avrebbero dovuto; era sconfitto. E ora, che cosa sarebbe successo?

– Ecco, adesso mi sono riposata e posso farti la mia domanda, – disse Ilide dopo averlo fatto aspettare un bel pezzo. – È facile facile, anche uno scemo saprebbe rispondere. Perché?

Il mostro, come tutti i mostri, era abituato a mentire e imbrogliare. Ma ormai era sconfitto, e lo sapeva.
– Io non ti posso ingannare, bambina, – disse. – Tu mi hai battuto e io sono tuo schiavo.

– Basta con gli schiavi. Ne avevo

uno e l'ho liberato un sacco di tempo fa. Non ne voglio altri. Invece voglio che tu mi risponda, e subito, – disse Ilide, perentoria.

– Perché di sí. Perché dovevo. Perché se uno nasce mostro, fa il mostro: non ha altre possibilità, – rispose il mostro sincero, soggiogato dalla forza che emanava da quella piccoletta.

– Non è vero. Si può sempre fare una scelta. A volte le scelte costano, – disse Ilide, che lo sapeva bene. – Ma non è giusto restare prigionieri di una situazione che non ci piace solo perché pensiamo che niente possa cambiare. Ora ti faccio un'altra domanda: perché rubare la musica alla gente?

– Perché ho obbedito a un dio; e si sa che gli dèi sono egoisti, non basta loro poter vivere per sempre e senza sforzo, no, devono prendere tutte le cose belle dalla terra e dagli uomini. Il dio che io servivo era proprio cosí.

– E dov'è finito il tuo padrone cosí crudele?

– Ah, non lo so proprio. Penso che si sia dimenticato di me e della musica e sia finito in un'altra parte del mondo. Sono anni che non lo vedo. Insomma, diciamolo: è stato un capriccio. Sono cosí volubili, gli dèi...

– Mostro, ti chiedo ancora: perché? Perché mangiarsi tutti quei bambini? D'accordo, sono teneri e croccanti; ma un mostro ha molti modi di procurarsi il cibo. Dovevi proprio mangiarli, i bambini, quattro alla volta, quattro all'anno?

– Ma io non li ho mangiati, – disse il mostro. – Io sono vegetariano.

– Un altro, – disse Ilide sgranando gli occhi. – Ma i bei mostri carnivori di una volta non li fabbricano piú? Scherzavo, scusa. Ma allora i bambini dove sono finiti? E tutte quelle ossa lucide lucide?

– Veramente non sono ossa: sono ossi. E sono proprio i bambini a ripulirli cosí. Io catturo uccelli e cacciagione varia per loro, che si mangiano tutto. Per nutrirli, dico.

– Ma come... tutti quei genitori... convinti di essere orfani...

– I bambini dicono che erano stanchi di non essere mai ascoltati, di essere sgridati e strapazzati, e di venire spediti sulla montagna come vittime, come se fossero degli agnellini. Cosí, anche se io

non ne ho mai toccato uno nemmeno con la punta di un artiglio, hanno deciso di non tornare piú a casa. Sono rimasti qui.

– Qui? – Ilide si guardò intorno.

– Sí, qui. Be', non proprio qui. Da quella parte... dietro la curva... c'è una valle segreta, una specie di piccolo paradiso. Abitano tutti là. Sono cresciuti, sai. E a loro un po' di musica del dio egoista l'ho regalata, rubandola dallo scrigno...

– Portami da loro, – disse Ilide.

E cosí, guidata dal drago, varcò un passaggio stretto nella roccia, un taglio di luce: al di là si stendeva una bellissima valle verde, piena di alberi, piante e fiori, solcata da piccoli ruscelli, abitata da animali...

e da una bella banda di bambini. Erano dieci anni che il mostro aveva rubato la musica, e quindi i bambini erano quaranta, e i primi a essere spediti in missione non erano nemmeno piú bambini, ma ragazzi grandi: giocavano, correvano, montavano sul dorso di candidi unicorni, si spruzzavano con l'acqua dei ruscelli... e cantavano. Tutto nell'aria era musica: il vento vibrava leggero spettinando note e disegnando melodie; i ragazzi e i bambini cantavano canzoncine e canoni, che s'intrecciavano con grazia; era come entrare in un sogno. Ilide sorrise. – Furbi, i bambini, – disse, voltandosi verso il mostro. – Hanno scelto bene.

E tu non sei nemmeno cosí mostruoso, tutto sommato.

– Vuoi restare con noi? – le chiese il mostro. – Inventeremo insieme sciarade in musica da far indovinare ai ragazzi, e ci divertiremo tantissimo.

– Io le sciarade le risolvo, non le invento e non le canto, – disse Ilide. – E poi che cosa racconterò ai genitori dei bambini? No, lo so: dirò la verità. Cosí saranno sollevati di non saperli morti, e pentiti per come li hanno trattati quando li avevano con sé. Il mondo è cosí ingiusto con i bambini.

– Ma se tu dici che sono ancora vivi, vorranno venire a riprenderseli. E io resterò solo...

– Non ti preoccupare. Dirò loro che non possono venire a trovarli, perché il mostro esiste davvero... non c'è bisogno di spiegare che non è cosí mostruoso come credono loro. Lasciamo che abbiano paura, e che stiano lontani. Devo tornare da loro, spiegare questa cosa, e poi continuerò il mio viaggio. Però mi piacerebbe portare con me una cosa, prima di andarmene.

– Quello che vuoi, bambina. Mi hai battuto e non mi hai fatto a pezzi né incenerito, e non mi vuoi nemmeno come schiavo. Ma sei lo stesso la mia padrona. E ti darò quello che vuoi.

Epilogo
(con tocco triste)

E fu cosí che Ilide tornò indietro, sulla terra e nel mondo, con una scatoletta piena di musica in polvere presa dallo scrigno dell'Orrido Dragone Musicale. Ne sparse un po' nel villaggio, per consolare i genitori della perdita dei bambini che non volevano tornare indietro; e la musica, che non fa miracoli ma fa tanto bene al cuore, alleviò

un pochino la loro nostalgia.
Il resto della polvere se lo tenne lei, e quando piano piano la sua capacità di interpretare le sciarade calò (era un dono, e certi doni, se molto usati, si consumano) cominciò a usarne qualche pizzico per sentirsi ispirata, e piano piano cominciò a dissiparla.

Ma ne tenne una piccola scorta per una cosa che sapeva lei; e quando fu cresciuta, e incontrò un ragazzo da amare, gli versò nell'orecchio una bella manciata generosa della polvere, e da quel giorno lui sentí sempre la musica suonare quando la guardava negli occhi, anche quando ormai era un uomo maturo, anche quando ormai era diventato vecchio. E poi ne regalò un altro po' a ciascuno dei suoi bambini, quando nacquero, e ne ebbe sette, e non volle nessun gineceo in casa sua, e tutti i bambini crebbero insieme ai loro genitori, perché le cose si possono cambiare, quando si capisce che sono sbagliate; e fu sempre una mamma che ascolta.

Poi la polvere piano piano si assottigliò, però i figli di Ilide crebbero con la musica nel cuore, e furono forse un po' piú buoni e gentili e garbati di chi la musica non la conosce e non la capisce. Anche se la polvere a un certo punto finí, il suo potere continuò a diffondersi a cerchi leggeri, come

quando getti un sasso in uno stagno
e la vibrazione continua, continua;
e la musica, la musica del dio
egoista e del mostro che era
diventata la sua musica e la musica
delle persone che amava, continuò
a spandersi per il mondo anche
quando la polvere era ormai stata
soffiata via tutta, e anche adesso
la si sente girare, girare nell'aria,
certe sere d'estate.

Indice

Finito di stampare nel mese di settembre 2017
per conto delle Edizioni EL
presso LEGO S.p.A., Stabilimento di Lavis (Tn)